KB078697

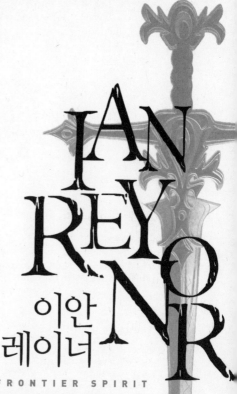

IAN REYNOR

이안
레이너

FANTASY FRONTIER SPIRIT

이휘 판타지 장편 소설

이안 레이너 8

이휘 판타지 장편 소설

초판 1쇄 찍은 날 § 2016년 12월 26일
초판 1쇄 펴낸 날 § 2017년 1월 2일

지은이 § 이휘
펴낸이 § 서경석

편집책임 § 조은상

펴낸곳 § 도서출판 청어람
등록번호 § 제387-1999-000006호
등록일자 § 1999. 5. 31
어람번호 § 제1-2595호

주소 § 경기도 부천시 부일로 483번길 40 서경B/D 3F (우) 14640
전화 § 032-656-4452 팩스 § 032-656-4453
http://www.chungeoram.com
E-mail § chungeorambook@daum.net

ⓒ 이휘, 2014

ISBN 979-11-04-91113-2 04810
ISBN 978-89-251-3719-3 (세트)

FANTASY FRONTIER SPIRIT

이휘 판타지 장편 소설

IAN REYNOR

이안
레이너

8

도서출판 청람

IAN
REY
NO
R

이안
레이너

CONTENTS

1장

헥토르 후작도 복귀시키고

아르제온 후작은 이안이 시범을 보일 때 사용한 현미경에 욕심이 동해서 반드시 구하고 말리라 다짐했다. 그 결과 황제와 저녁 정찬을 함께 하고 나오는 이안을 기다렸다가 황궁 입구에서 붙잡았다.

"잠깐, 나 좀 봅시다."

아르제온 후작은 마치 뭐 마려운 강아지처럼 안절부절못했다. 짐작 가는 바가 있어서 이안은 그저 빙긋이 웃으며 고개를 끄덕였다.

"후후후!"

"레이너 백작, 그 현미경이라는 것 좀 내가 구할 수 있겠소?"

현미경을 구하고자 하는 것은 이안도 짐작하는 바였지만 그런 귀한 것을 넘길 수는 없었다. 현미경이 별것 아닌 거 같아도 그 효용성이 어마어마하다. 이안이 기억하는 그 이계인의 기억을 봐도 의학이 획기적으로 발전하게 된 것이 현미경의 발견이지 않던가.

'의학이라……. 이 땅에 의학이 발전하게 된다면…….'

물론 나쁘지 않은 일이다. 다만 신전의 반발이 극심할 것은 너무도 극명했다. 지금도 약초학을 비롯한 소소한 것들이 존재하기는 했지만 그것들 역시 신전의 힘에 눌려 크게 번성하지 못했다.

'마탑들이 나서서 규명하기 시작한다면 신전은 어떻게 나올까? 크크, 재미있겠네.'

신전은 지금도 마법사들을 이단으로 규정하고 싶어했다. 신의 뜻에 어긋나는 힘이 마법이라는 학문이기 때문이다. 그러나 워낙 마법사들의 힘이 강대하니 그저 인정하는 듯 숨을 죽이고 있을 뿐이다.

"이거 어쩌죠?"

"응? 설마…….."

"그 설마가 맞을 겁니다. 오직 하나뿐인 물건이라서 말입니다."

"아……!"

탐욕이라고 하기보다는 마법에 대한 열망이 워낙 높기에 그것을 이루기 위한 도구로서 현미경을 원하는 바람이 강하게 느껴지는 눈빛이다.

"마법적인 도구는 아닌 것으로 보였네만… 다시 만들면 되는 거 아니겠는가? 응?"

마법적인 도구가 아니기에 더욱 갖고 싶은 바람이 컸다. 눈에 보이지도 않는 세포 크기를 커다랗게 확대해서 볼 수 있다는 것은 무척이나 진기한 경험이었다. 그것을 생각하니 약간의 출혈을 감수하고서라도 교환을 하는 것이 낫겠다고 판단했다.

"그게 아니라면 교환을 하세. 내 자네에게 도움이 될 만한 것을 줄 것이니 교환을 하는 것은 어떻겠나?"

교환이라는 말에 이안은 조금은 전향적인 자세로 바꿨다. 현미경은 드워프들이 아니면 만들 수 없는 물건이기는 하지만 그 원리만 안다면 고위 귀족들은 몇 번의 시행착오만 겪어도 만들어낼 수 있을 것이다.

'넘어가는 순간 현미경이라는 것이 전 대륙으로 퍼져 나가겠지. 마법사들에 의해서 말이야.'

학문적인 열의가 그 누구보다 큰 족속이 마법사들이다. 그들은 또 내보이기를 좋아했는데, 자신이 이룬 성취를 자랑하고자 마법학회를 해마다 열 정도이다. 그 학회에 현미경이 나타난다면 그걸로 끝일 것이다.

"원리만 안다면 만들기 어렵지 않지만 그 원리를 모르면 절대 만들 수 없는 물건이 바로 이 현미경이라는 겁니다. 그리고 전 절대 보여줄 생각이 없지요."

"이, 이보게, 학문이라는 것은 말이야, 서로 교환하고 나눌 때 더욱 발전하는 거라네. 그러니……."

"에이! 그건 아니죠. 저도 마법사지만 제가 이룬 성취를 누구에게도 알려주지 않습니다. 그것은 다른 분들도 마찬가지 아닙니까?"

"그거야……."

"종처럼 수십 년을 밑에서 충성해야 비전을 알려주는 족속이 또 마법사이지요. 안 그렇습니까?"

"끄응……."

마법사들의 도제 관계는 그 어떤 집단보다 강했다. 그도 그럴 것이, 마법 수식을 제자에게 그냥 알려주는 스승이 거의 없다시피 했다. 어릴 때부터 데려와서 종처럼 부려먹으며 수십 년에 걸쳐서 알려주는 것이 일반적이었다.

"원하는 게 무언가? 내 힘이 닿는 것이라면 들어주겠네. 그러니 그 현미경을 나에게 줄 수 없겠나?"

"이런, 제 뜻을 그렇게 받아들이셨다니… 참… 곤란하군요. 하하!"

이안은 줄 수 없다는 의지를 밝혔는데 그것을 원하는 바가 있으니 바꾸자고 생각하는 상대의 말에 헛웃음을 짓고 말았다. 그러나 생각을 해보면 아르제온 후작에게 받을 것이 자신에게도 있기는 했다.

'기간틱 엔지니어들이 필요한데… 지금으로써는 엔지니어들을 구할 방법이 없으니… 교환해도 손해 보는 장사는 아니겠지.'

이안은 자신에게 꼭 필요한 존재들인 기간틱 엔지니어와 마법사들을 구하기로 했다.

"좋습니다. 제가 현미경을 넘겨 드리는 대가로 기간틱 엔지니어와 마법사들을 구해주십시오. 현재 제 밑에는 그들이 현저히 부족하거든요."

"아! 그렇겠구만. 알겠네. 흐음, 어디 보자."

아르제온 후작은 이안이 원하는 엔지니어와 마법사들을 어떤 방식으로 구해줄 것인지 잠시 고민했다. 자신이 거느리고 있는 제국의 마탑 소속 마법사들과 엔지니어들은 곤란했으니 다른 곳에서 구해야만 했다.

"그래, 그러면 되겠군."

"방법이 있습니까?"

"자네도 알다시피 제국 마탑의 마법사들과 엔지니어들은 곤란하다는 것을 알 걸세."

"그야 그렇겠죠."

제국 마탑의 마법사들과 엔지니어들은 체이스 제국의 기간트를 만드는 일을 하던 자들이다. 그러니 그들이 가진 노하우가 락토르 왕국으로 넘어갈 수도 있는 문제이기에 절대 넘겨줄 수 없는 전력이었다.

"4클래스의 마법사 20명과 기간틱 엔지니어 50명을 이번 전쟁이 끝날 때까지 빌려주도록 하지."

"호오! 그 정도의 전력이 남아돈다는 겁니까?"

"설마 ,그럴리가 있겠나? 용병들을 고용해서 파견할 생각이라네."

"용병이라……. 그렇군요."

락토르 왕국에도 용병은 존재했다. 그들의 힘은 결코 무시할 수 없는 정도이기는 했지만 소모품이라는 선입견이 강했다. 그래서인지 뛰어난 인재라는 생각은 하지 않고 있었다.

"그들도 나름 자신들의 몫을 하는 존재들일세. 특히 4클래스 정도 되는 용병 마법사들은 귀한 대접을 받지."

4클래스만 해도 기사급의 대우를 받는 것이 보통이었다. 그 덕분에 4클래스에 올라선 용병 마법사는 찾아보기가 무척 힘들었다. 귀족들이 어떻게든 휘하로 끌어들이려 하기 때문이다.

"제국에는 4클래스의 용병 마법사들이 많은가 봅니다?"

"많은 것은 아니지만 적은 것도 아니지. 체이스 제국에는 세 개의 마탑이 존재하고 마법사들의 전력이 그 어떤 나라보다 강하다고 자부하네."

"으음, 부럽군요."

후작이 말하는 세 개의 마탑은 거대 마탑만 이야기한 것이다. 군소 마탑까지 합한다면 체이스 제국에는 10여 개가 넘는 마탑이 존재했다. 로크 제국과 비교해도 결코 뒤지지 않는 마법사들을 보유하고 있는 셈이다.

'하지만 질이 다르기는 하지. 후후후!'

체이스 제국이 로크 제국을 넘어서지 못하는 가장 큰 이유가 바로 로크 제국이 보유한 크로넨 마탑이었다. 로크 제국이 만들어지게 된 이유이기도 한 대마법사 크로넨이 세운 마탑으로, 그가 완성한 마법적 토대를 바탕으로 굳건히 뿌리를 내리고 있는 마탑이었다.

"좋습니다. 그 인원을 보내주는 조건으로 현미경을 넘겨드리도록 하죠."

"하하하! 잘 생각했네. 아주 좋은 선택을 한 거라고. 하하하!"

아르제온 후작이 호탕하게 웃는 것을 보는 이안도 자신만의 꿍꿍이를 생각하며 활짝 웃을 수 있었다. 아르제온 후작이 보낸 용병 마법사들을 레이첼의 마법서로 꼬실 생각을 하니 웃음이 절로 나왔다.

"레이너 백작! 레이너……!"

멀리서 자신을 부르는 소리에 이안의 시선이 돌아갔다. 목소리가 워낙 다급한 탓에 불길한 생각이 등골을 타고 흘렀다.

"으잉? 마르틴 백작이 무슨 일이지?"

아르제온 후작은 마르틴 백작이 달려오는 것을 보고 인상을 찌푸렸다. 마르틴 백작이 봉신 관계를 맺고 있는 라펠러 공작과는 별로 사이가 좋지 않은 터라 뚱한 표정을 지으며 먼 산을 쳐다보았다.

"여깁니다."

"큰일 났네."

"네? 큰일이라뇨?"

이안은 갑자기 달려와 큰일이 났다고 하는 마르틴 백작의 말에 살짝 당황한 표정을 지었다.

"로크 제국에서 첩보가 넘어왔는데 번스타인 공작과 쥬베인 후작가의 병력이 헬카이드의 배꼽으로 병력을 이동시켰다고 하네."

"네? 이, 이런……."

이안은 번스타인 공작과 쥬베인 후작이라는 말에 뒤통수

를 제대로 얻어맞은 느낌이다. 로크 제국은 지금 제국의 입장에서 락토르를 침공한 것이 아니었다. 크리스토퍼 대공이 자신의 휘하 병력만 거느린 채 락토르 국왕이 마계의 문을 열려고 했다는 것을 빌미삼아 징치한다는 명분으로 공격한 것이다. 그러니 나라 대 나라의 싸움이 아니라 락토르 대 크리스토퍼 대공의 싸움인 셈이다.

'그래서 다른 나라들도 끼어들지 못하는 것이었는데… 이런!'

번스타인 공작과 쥬베인 후작이 참전한 것은 분명 자신으로 인해 영지전에서 패한 것을 복수하려 한다는 소소한 명분으로 끼어든 것일 터였다. 락토르는 상관없이 이안과 그가 거느리고 있는 영지병을 상대로 싸움을 거는 것이다.

"얼마나 된다고 합니까?"

"정확한 것은 알지 못하네만 대략 10만은 넘는 걸로 추정되네."

10만이라는 숫자라면 어떻게든 병력을 운용하면 이겨낼 수 있는 숫자였다. 단지 그들을 제거하지 않으면 다아크 공작의 사병들과 크리스토퍼 대공이 거느리고 있는 병력과 자웅을 결할 수 없다는 것이 문제였다.

'배후에 날카로운 단검이 있는데 함부로 움직일 수 없지. 으음……'

로크 제국에서도 무척이나 머리를 써서 움직이고 있다는 것을 다시 한 번 깨달았다. 그리고 그들은 어떻게든 명분을 만들어서 락토르를 복속시키려고 한다는 것도 말이다.

'첩첩산중이로군. 앞에는 35만에 가까운 적이 올라오고… 뒤에는 10만이라……. 크큭!'

미치고 팔짝 뛸 상황이라는 것이 바로 이런 것을 두고 하는 말일 것이다. 그러나 넋을 놓고 적들이 두들기는 것에 당하고 있을 수는 없었다. 최선을 다해서 그 어려운 상황을 이겨내야 하는 것이 자신이 해야 할 일이었다.

"마르틴 백작님!"

"말씀하시게."

"저는 바로 아국으로 돌아가야겠습니다. 그러니 최대한 빠르게 진군을 해주셨으면 합니다."

"걱정 마시게. 내 지난 카린 후작과의 싸움에서 당한 것을 갚기 위해서라도 빠르게 갈 것이네."

"후후! 믿겠습니다. 그럼!"

이안은 아르제온 후작과의 약속을 이행하기 위해 현미경을 넘기고 바로 공간 이동으로 독립여단의 본거지로 돌아왔다. 10만에 달하는 쥬베인 후작가가 주축이 된 병력을 상대해야 하기 때문이다.

'별수 없지. 헥토르 후작을 도로 등장시키는 수밖에.'

이안은 공간 이동 마법으로 넘어가며 쥬베인 후작가가 주축이 된 병력을 막아낼 방법으로 헥토르 후작을 떠올렸다. 그가 이끌고 있는 2만의 병력이라면 충분히 쥬베인 후작군을 뒤에서 괴롭혀 줄 수 있을 것이다.

"그게 정말이오? 이, 이런……."

아레스 왕자는 날벼락이라도 맞은 표정이 되어버렸다. 10만에 달하는 번스타인 공작과 쥬베인 후작군이 뒤통수를 치기 위해서 밀려오고 있다는 말을 들은 직후이다.

"방법은 있는 것이오? 헬카이드 산맥을 타고 넘어온다면 지형의 이득도 사라지게 될 것인데 말이오."

아레스 왕자의 말대로 헬카이드 산맥을 타고 넘어 온다면 오히려 저들이 더 높은 지형을 차지하고 산악전을 벌여야 한다. 1미터라도 더 높은 곳에서 싸우는 쪽이 유리하다는 것은 삼척동자도 아는 사실이다.

"그쪽으로 온다면 오히려 쉽습니다. 다만 제가 걱정하는 것은 저들이 독립여단의 배후에 진을 친 채 장기전으로 가는 경우입니다."

헬카이드 산맥의 험준함을 생각하면 대군을 이끌고 넘어오는 것도 벅차다. 고로 싸움이 일어날 만한 지형도 몇 군데가 안 되는 셈이라 그곳만 잘 지키면 된다. 그러나 국경을 넘어 독립여단의 동북부에 자리를 잡은 채 시간을 끄는 경우가 최악이었다.

"그럼 오히려 더 나은 거 아닌가?"

아레스 왕자는 장기전으로 끌고 가는 것이 최악이라는 말을 이해하지 못했다. 장기전으로 끌고 가면서 체이스 제국의 원군이 도착하면 되는 거 아닌가 하는 생각을 하는 것이다.

"체이스 제국의 원군은 쥬베인 후작가가 주축이 된 그 병력을 공격하지 못합니다. 그러니 그들은 온전히 독립여단과 제 휘하의 병력으로만 상대해야 합니다."

"왜? 아, 그런……."

이안이 채 설명을 하지도 않았지만 아레스 왕자도 그 까닭을 깨달았는지 탄식을 터뜨렸다. 체이스 제국의 원군이 쥬베인 후작가의 군대를 건드리게 된다면 그것은 곧장 로크 제국이 대대적으로 공격할 명분을 제공하는 셈이다. 사사로운 복수를 위해서 영지전을 하는 셈인데 다른 나라가 끼어드는 것이니 말이다.

"저들이 장기전을 벌이게 되면 우리는 저들을 뒤에 둔 채 앞에서는 다아크 공작과 크리스토퍼 대공의 군대와 싸워야 합니다. 그것은 최악 중의 최악입니다."

"하아, 어떻게 해야 하는 것이오?"

아레스 왕자는 답답함을 참지 못하고 이안에게 대책을 내어놓으라며 그리 물었다.

"저들이 장기전으로 끌고 가지 못하도록 선제 타격해서 제압해야 합니다."

"선제 타격이라……. 하아, 어렵구려."

10만에 달하는 병력을 상대로 싸우는 일이다. 아무리 정규군이 아닌 사병이라지만 무려 공작가와 후작가의 사병이다. 어떤 의미에서는 정규군보다 더 강력하게 무장한 집단을 상대로 싸우는 셈이다.

"이번 싸움에 제게 맡겨주십시오. 절대 지지 않을 겁니다."

"부디 이기기를 바라리다."

아레스 왕자는 군권이 모두 이안에게 있는 탓에 아무런 힘이 없음을 잘 알고 있었고, 그의 힘에 모든 것을 기대는 이 현실이 너무도 원망스러웠다. 그러나 어떻게 할 방법이 없으니 지금은 묵묵히 응원만 하며 자신의 외할아버지인 플랑드르 후작이 중부의 귀족군을 이끌고 합류하기만을 바랐다.

"그럼 저는 이만 나가보겠습니다."

"그렇게 하시오."

아레스 왕자에게 군례를 취한 이안은 서둘러 동료들이 기다리고 있는 곳으로 이동했다. 친구들을 위시한 지휘관들이 모두 모여서 이안이 오기만을 기다리고 있었다.

"어서 오십시오."

제니스는 레마겐 후작의 영지에서 빠르게 철군하여 합류했다. 시간이 있었다면 레마겐 후작의 영지를 초토화시켰을 테지만 시간이 없는 관계로 막대한 배상금과 포로로 잡은 병력을 이끌고 왔다. 그 탓에 1만에 가까운 포로가 지하 동굴 감옥에 가득했다.

"시간이 없으니 바로 작전회의를 하도록 하죠."

"그러세."

2군단을 장악하고 합류한 그레그 소장은 침중한 안색으로 뭔가 답답해하는 모습마저 보였다. 점점 적의 수는 늘어가는데 상황은 나아질 기미를 보이지 않으니 답답한 것도 무리는 아니었다.

"지도를 보십시오."

헬카이드 산맥의 지도로 주봉인 해발 6,000미터의 헬카이드산과 그와 비슷한 높이의 15개 봉우리를 중앙에 두고 삼각형태의 탑의 모습으로 남북으로 길게 세력을 뻗은 모습이다. 그중에서 독립여단이 주둔하고 있는 곳은 탑의 아랫부분으로 삼국이 배꼽을 중립지대로 하여 서북방의 체이스, 서남방의 락토르, 동부의 로크 제국이 대치하는 형태였다.

"여기가 우리가 주둔하고 있는 곳입니다. 보시다시피 동부의 로크 제국에서 넘어오려면 해발 1,300미터에 달하는 고지대를 통과해야 합니다."

"넘어오기 힘들겠군. 상당히 가팔라 보이는데 말이야."

지도를 보며 그레그 소장은 그나마 다행이라는 듯이 말했다. 그러나 지도를 가리키는 안드레아가 고개를 가로저었다.

"이 두 곳이 문제입니다."

지도의 두 지점을 가리키는데 그곳은 등고선이 무척 완만하게 펼쳐진 곳이었다. 산은 산이지만 평평한 산지가 이어진다는 것을 의미한다.

"대군은 움직이기 힘들지만 기간트는 충분히 지나갈 수 있는 곳입니다. 이 두 곳만 통과하면 바로 헬카이드 배꼽으로 들어갈 수 있습니다."

헬카이드의 배꼽으로 들어서면 그때는 드워프의 거주지가 곧바로 타격 목표가 될 것이다. 몬스터들도 거의 전멸된 마당이니 거칠 것이 없었다.

"기간트라……. 우리도 충분한 전력은 되지 않는가?"

그레그 소장의 물음에 안드레아가 고개를 가로저었다.

"현재 아군이 보유하고 있는 기간트는 40기가 채 안 됩니다."

"그걸로 두 곳만 막으면 되는 거 아닌가?"

그레그 소장은 일단 시간이라도 벌고자 하는 생각에 그리 말했다. 그 역시 체이스 제국의 원군이 올 때까지 버티기만

할 생각인 듯했다.

"공작가라고 해도 로크 제국의 4대 공작가 중 하나입니다. 그런 공작가가 전력을 기울이면 어느 정도의 기간트가 움직일 거라 생각하십니까?"

안드레아의 물음에 그레그 소장은 대답을 할 수 없었다. 말이 공작이지 그가 지닌 힘은 락토르 왕가의 힘에 버금가는 힘일 것이기 때문이다.

"적어도 100기는 가뿐하게 넘어서는 기간트가 움직일 겁니다."

"으음……."

좌중의 주요 지휘관들은 답답함에 침음성을 흘렸다. 100기의 기간트가 한 번에 밀려온다면 제아무리 40기의 기간트가 남아 있다고 해도 중과부적의 상태에 빠질 것이다.

"방법은 적들이 오는 곳을 정확하게 파악해서 힘을 집중하는 수밖에 없습니다. 그러니 한 곳은 버려야 한다는 결론입니다."

한 곳은 버리고 적들이 오는 한 곳에 힘을 집중해서 기간트 부대를 괴멸시키는 것만이 정답이었다.

"정보가 없으니 답답한 것은 마찬가지로구만. 허허."

그레그 소장은 적들이 올 단 한 곳을 어떻게 알아낼지가 걱정이었다. 척후를 푼다고 해도 적들이 바보가 아닌 이상 그

척후를 제압하기 위해 전력을 기울일 것은 자명한 이치였다.

"하아, 천리안이라도 있으면 좋겠구만. 저들이 어떻게 움직이는지 볼 수 있게 말이야."

한탄에 가까운 그레그 소장의 말이었지만 그 농담에 가까운 말이 이안의 뇌리를 때렸다.

'가만, 천리안이라… 천리안!'

이안은 이계인의 기억을 통해 한 가지 물건을 떠올렸다. 그가 살던 세상에서는 우주로 나아가는 과학 문명을 이루었고, 인공위성이라는 하늘에 띄워놓은 물건으로 지상을 관찰했다는 것이 떠올랐다.

'인공위성이라고 했던가? 그것을 만들 수는 없지만 비슷한 것은 만들어낼 수 있다. 지금의 내 능력으로도!'

이안은 회심의 미소를 지으며 자리에서 일어났다.

"응? 무슨 할 말이라도 있는가?"

"적들이 오는 곳은 제가 알아낼 테니 걱정하지 마십시오."

"준장이 어떻게 알아낸다는 말인가? 척후를 내보내는 거야 당연한 거지만 그게 쉽지만은 않을 것일세."

"후후! 척후는 내보내지 않습니다. 그래야 저들도 안심하고 진군할 테니까요."

척후가 없다는 것을 적들이 안다면 그다음 행보는 뻔했다. 그리고 심리적으로 자신들이 온다는 것을 적들이 모르는 것

이라 생각하고 마음 푹 놓고 무방비 상태로 오게 될 가능성이
무척 컸다.

'그렇게 된다면… 지옥을 구경하게 되겠지. 후후후!'

이안은 회심의 미소를 씨익 지으며 모든 것은 자신에게 맡
겨달라고 말한 후 10만에 달하는 적병을 막을 준비만 해달라
는 주문을 했다. 그러자 그레그 소장을 위시한 장군들은 그
정도는 자신들이 감당할 수 있다고 떠들어댔다.

"아레나!"

─오랜만에 뵈어요, 마스터!

아레나는 이안의 방문에 무척 반가워하며 맞이했다. 아레
나의 던전으로 들어가는 입구가 열리자 이안은 서둘러 그 안
으로 들어가며 말했다.

"아레나, 비행 원반이 몇 개나 남아 있지?"

─현재 마스터께서 가지고 가신 원반을 제외하면 17개가
남아 있습니다.

"17개라……. 제법 남아 있네. 다행이다."

이안은 비행 원반을 이용해서 인공위성을 조잡하게라도
따라 한 물건을 만들어낼 생각이다.

"비행 원반을 공중에 띄워만 놓는다면 얼마나 버틸까?"

─최상급 인공 마나석이라면 1년 이상 버틸 수 있습니다.

아레나의 대답에 이안은 적어도 한 달 이상은 버틸 수 있다는 결론을 얻었다. 공중에 띄워놓은 채 매직아이 마법으로 지상을 관찰해야 하기에 한 달이라고 시간을 잡은 것이다.

'그렇다면 매직아이 마법하고 아레나가 컨트롤할 수 있도록 통신 마법도 새겨 넣어야겠군.'

자신이 가지고 있는 최상의 패 중의 하나가 바로 아레나라는 에고 시스템이다. 인간의 능력을 넘어서는 아레나의 능력이 바로 잠을 자지 않아도 된다는 것이니 말이다.

'인공 마나석만 많다면 락토르 전체를 비행 원반으로 덮어버리면 정말 최고일 텐데 말이지. 후후후!'

그렇게만 된다면 이안의 눈을 피해서 군사적인 행동은 할수 없을 것이다. 적의 움직임은 훤히 보이고 반대로 아군의 움직임은 숨길 수 있으니 기습의 묘리만 제대로 살린다면 승리할 수 있는 확률은 비약적으로 늘어날 터였다.

"인공 마나석은 얼마나 남았지?"

―재고가 얼마 남지 않았습니다. 현재 39개가 남아 있는 상태입니다.

"이런……."

처음 아레나의 던전을 발견하고 인공 마나석에 대해서 들었을 때만 해도 무척 많다고 생각했다. 그런데 지금 상황을 돌이켜보니 모자라도 한참 모자랐다.

'만드는 방법이라도 남겨두셨으면 얼마나 좋아. 애고.'

레이첼이 원망스러웠지만 이렇게라도 싸울 수 있게 된 것도 그녀가 남겨놓은 힘에 기반한 것이다. 그러나 현실에 만족하고 최선을 다해야 할 때였다.

"주이이인!"

멀리서 달려오는 에일리는 며칠 만에 돌아온 이안을 향해 무턱대고 돌진해 왔다. 그녀의 민첩한 움직임과 그보다 더한 과격한 몸짓에 이안은 헉 소리를 내며 몸을 움직여야 했다.

'웃차!'

부드럽게 에일리의 몸을 받아 든 이안은 빙글 회전하며 힘을 약화시킨 후에야 뭉클하게 느껴지는 그녀의 감촉을 즐길 수 있었다.

"주인, 빨리 돌아왔다. 그래서 기분이 아주 좋다. 헤헤!"

에일리는 이안이 빨리 돌아온 것이 무척 기분 좋은지 볼을 비비며 온몸을 부르르 떨었다.

"오셨어요, 주인님!"

케이트는 자신도 에일리처럼 이안에게 안겨서 예쁨을 받고 싶다는 생각에 시무룩했다. 그러나 에일리를 제쳐두고 그럴 수는 없었기에 애꿎은 바닥만 발로 긁으며 딴청을 부렸다.

"이리 오렴."

"저요?"

케이트는 이안이 손짓하자 쭈뼛거리며 그의 옆으로 다가섰다. 그러자 이안은 손을 뻗어 케이트의 머리를 쓰다듬으며 말했다.

"에일리한테 많이 배웠니?"

"헤에… 무, 물론이에요. 저도 이제 엄청 세졌다구요."

케이트에게서 느껴지는 기운은 익스퍼트급의 기사에게서 느껴지는 기운이었다. 쿼터이기에 야수화를 할 수 없으니 전투력은 상대적으로 떨어지겠지만 장비만 충실하다면 기사 하나는 충분히 가지고 놀 수 있을 것이다.

"저… 주인님, 주인님이 가신 다음에 샤르딘이라는 분이 일족을 많이 데리고 오셨어요."

"샤르딘 준남작이? 아! 몇 명이나 데리고 왔지?"

샤르딘 준남작에게 수인족을 최대한 구입해 오라고 지시했다. 그는 캐릭선으로 강을 타고 오가는 탓에 안전하게 이동할 수 있었다.

"23명이나 데리고 왔어요. 그런데 지금 그 아저씨들 때문에 걱정이에요."

"응? 왜? 무슨 일이 있느냐?"

케이트가 걱정하는 모습을 보이자 이안은 무슨 일인가 싶어서 물었다.

"흥! 약해빠진 놈들이다. 에일리는 하나도 안 무섭다."

에일리의 퉁명스러운 말에 이안은 케이트가 무엇을 걱정하는지 알 것 같았다.

'수인족이라고 하더니… 서열 싸움을 하는 건가? 큭!'

인간보다는 야수에 가까운 수인족이니 서열 싸움은 필수적인 것이다. 가장 강한 자가 우두머리가 되는 것이 그들의 법칙이니 샤르딘이 데리고 온 수인족 노예들이 에일리에게 반기를 든 모양이다.

'에일리라면… 어렵지 않게 이겨내겠지.'

지금 에일리의 수준은 상급의 익스퍼트를 능가하는 힘을 지닌 상태였다. 노예로 잡힐 정도의 수인족이라면 그 이상의 능력자는 없을 것이 분명했다. 상급의 익스퍼트 힘이라면 노예상인들에게 당할 이유가 없었다.

"가보자."

"네, 주인님!"

케이트는 세상에서 가장 강한 남자는 이안이라고 여겼다. 그녀가 본 지금까지의 사람들 중에서 그가 가장 강했으니 그러는 것도 무리는 아니었다.

"크르르……."

"다시 붙자! 이번에는 요절을 내주마!"

지하 공동으로 내려가자마자 들려온 야수들의 울부짖는 소리에 에일리는 콧방귀를 뀌며 신경도 쓰지 않았다. 껌딱지처럼 이안의 품에 안겨 있는 것이 소중한 것이다.

"제법이네. 중급 정도는 되겠어, 다들."

이안은 수인족들의 전투력을 대강 훑었다. 중급 정도의 익스퍼트 정도로 고만고만한 실력들을 지니고 있었다.

'기사단 전력이 약해서 고민이었는데 그것을 해결할 수 있는 방법이 생겼군.'

1군단 출신의 노예병으로 기사단 전력이 제법 확충됐다고는 해도 병력에 비하면 현저하게 모자란 것이 기사들이다. 그 전력을 수인족을 통해서 보강할 수 있다는 희망이 생기자 절로 흐뭇한 미소가 번졌다.

'일단 기를 꺾어놓는 것이 좋겠지?'

에일리의 손에 다들 호되게 당한 것이 분명함에도 투기는 꺾이지 않고 있었다. 그러니 박살을 내서라도 복종하게 만드는 것이 중요했다. 그래야 자신의 입맛대로 써먹을 수 있을 것이다.

2장
다 보인다괴

　수인족들은 나이가 대부분 어린 축에 속하는 편이었다. 수인화가 이루어지면 한 등급 더 높은 전투력을 보이는 것이 일반적이니 상급의 익스퍼트급에 준하는 실력을 지녔다고 보면 맞았다. 그런 존재들을 사냥하는 것이니 노예 사냥꾼들의 능력도 상당해야 할 것이다.

　"크륵! 인간이 감히!"

　"철 거인이 없으면 상대도 안 되는 것들이! 크아아!"

　철 거인이라는 말에 이안은 저들이 붙잡혀 온 이유가 기간트에 있다는 것을 알 수 있었다. 상급에 준하는 실력을 지니고 있더라도 기간트로 밀어붙이는 인간들에게 밀리는 것은 당연한 결과다. 마스터가 아니라면 파괴하는 것이 거의 불가능한 것이 기간트이니 말이다.

"너희들은 철 거인이 없더라도 우습다! 그러니 잔말 말고 덤비도록!"

이안이 강력한 투기를 발산하며 외치자 수인들은 그의 몸에서 뿜어져 나오는 기세에 본능적으로 두려움을 느꼈다. 그러나 인간에 대한 적개심으로 똘똘 뭉친 그들은 이대로 물러설 수 없었다.

"저 인간부터 친다! 크앗!"

"파괴의 힘이여, 오라!"

인간의 형태를 유지하고 있던 수인족들이 일제히 마나를 움직여 수인화로 돌입했다. 입고 있던 옷들이 찢어지며 근육이 폭발하듯이 커졌다. 그리고 피부에서 솟아나는 털이 전신을 뒤덮었다.

'재미있네. 어떻게 보면 징그럽기도 하고. 쯧.'

가운데 덜렁거리는 흉측한 물건이 그대로 보이는 것에 같은 남자로서 그리 보기 좋은 광경은 아니었다.

"어멋!"

"쳇! 더러워!"

에일리와 케이트는 그 모습을 고스란히 목격하게 되자 고개를 옆으로 돌리며 얼굴을 붉혔다. 특히 아직 어린 케이트는 조금은 충격이었는지 두 손으로 얼굴을 가렸다.

"이런, 혼내줘야겠구나. 오랏!"

이안은 수인화를 마치고 기다랗게 솟은 발톱을 앞세운 채 살기를 뿜어내는 수인족들에게 손가락을 까닥거렸다. 어떻게 보면 상당히 거만해 보이는 그 모습에 수인들이 분기를 터뜨리며 광폭하게 신형을 튕겼다.

'역시 수인족이다.'

인간은 도저히 낼 수 없는 스피드로 쇄도해 들어오는 그들의 움직임에 놀라움을 금할 수 없었다. 인간형일 때 중급의 능력을 보였다면 수인화를 이루었을 때는 상급의 능력이 아닌 그 이상의 능력을 선보인다.

"크랏!"

"캬우우우!"

한쪽에서 스피드에 특화된 은빛의 라이칸스로프가 클로처럼 솟아 있는 발톱으로 이안의 옆구리를 노렸다. 그리고 엄니가 길게 돌아난 호인족이 폭발적인 기세로 공중에서 떨어져 내리며 이안의 머리를 노렸다.

'본능적인 합격술인가? 대단하군.'

서로의 장단점을 알고 있는 것도 아닐 텐데 완벽하게 합격술을 펼치며 자신을 공략해 왔다. 그것도 상급 이상의 스피드와 파워를 교묘하게 섞은 채 말이다.

'이것들, 한두 번 해본 솜씨가 아닌데?'

이안은 시간차 공격으로 방어를 하기 어렵게 만드는 그들의 공격에 마나를 실어 지면을 박찼다. 쿵 소리가 나도록 진각을 밟아 신형을 튕겨 올린 그는 사선으로 교묘하게 공세를 피하며 그들 사이로 파고들었다.

"어리석은! 죽엇!"

"키아아앗!"

괴성을 지르며 사방에서 쇄도하는 수인족들은 이안을 완벽하게 감싸듯이 포위한 채 말 그대로 덮쳐 버렸다. 자신들끼리 충돌하는 것도 아랑곳하지 않는 그들의 공격에 이안은 빙긋이 조소를 날렸다.

"가랏!"

후앙! 바바바바바방!

오러가 솟아오르며 2미터에 달하는 이글거리는 빛의 검이 만들어졌다. 그리고 빙글빙글 회전하듯이 원을 그리며 덮쳐 오는 수인족들을 베어갔다.

"피햇!"

"으앗!"

수인족들은 자신들을 덮쳐오는 빛의 검의 속도가 눈으로 보는 것보다 체감상 더 빠르게 느껴지자 놀란 모습을 보이며 뒤로 몸을 날렸다. 미처 피하지 못하고 이안의 검에 달려든 자들은 마나가 실린 발길질에 얻어맞고 더 빠르게 뒤로 튕겨져 나갔다.

"크악! 끄으으……."

강력한 일격에 뼈가 부러지는 고통을 느낀 수인족은 몇 바퀴를 구르고 난 후에야 다시 몸을 일으켰다. 쩔뚝거리며 부릅뜬 눈으로 이안을 쳐다보는 그들은 자신들이 느낀 그 공포가 무엇 때문인지 그제야 알 수 있었다.

"크륵! 마스터라니……."

자신들의 능력으로도 알 수 없던 상대의 실력에 경악한 것이다. 그리고 싸움의 결과는 최대로 잡아도 동귀어진에 불과하다는 것도 느낄 수 있었다.

"이 정도로 끝?"

이안은 수인족들이 겁을 집어먹고 물러서려 하자 이죽거리며 그들을 도발했다.

"크르! 싸, 싸우자!"

"수인족의 명예를 위해!"

수인족들은 명예의 종족이라고 자부할 정도이다. 전사로서의 명예, 그리고 강함에 대한 숭상을 최고로 칠 정도로 강자에 대한 동경 또한 강했다. 그들은 두려움에 떨면서도 이안의 강력함에 대한 도전의 의지를 되살릴 수 있었다.

"가자! 전사로서 죽는다!"

수인족들이 재차 달려들었다. 이전보다는 훨씬 조심스러워졌지만 그 신중함은 또 다른 무기로 작용하며 이안을 위협했다.

피릿! 쎄에에엑!

날카로운 발톱이 사방에서 시차를 두고 휘둘러지며 강력한 몸을 이용한 돌격은 덤으로 이루어졌다.

"더 몰아쳐라!"

"왼쪽으로 더 붙어!"

개개인의 역량에 의존해서 이안과 싸우던 수인족들은 본능적으로 자신들의 싸움을 해나갔다. 그러나 이안이 마스터라는 것을 알게 된 이후엔 호인족의 명령에 따라 한층 더 치밀하게 이안을 몰아쳤다. 수인족의 합격술에 마스터인 이안도 순간순간 위기를 겪어야 할 정도였다. 이안은 수인족들의 파이팅 넘치는 공격에 놀라움을 금할 수 없었다.

흩어진 채 개인의 힘에 의존하던 그들이 두셋씩 짝지어서 상호 의존하기 시작하자 이안은 몇 배는 더 힘든 싸움을 해야 했다. 그렇다고 오러로 수인족들을 벨 수도 없는 노릇이라 미친 듯이 스텝을 밟으며 아슬아슬하게 공격을 피해냈다.

'시간이 더 흐르면 내가 당할 수도 있겠군.'

수인족들을 베어내는 것뿐이라면 당할 이유가 없다. 하지만 저들을 상하게 하면 자신의 손해이기에 상처 없이 제압해야 하다는 것이 문제였다. 모래알 같은 적들이라면 문제가 없었지만 이제는 촘촘하다고 해야 할 정도로 그물망 같은 움직임으로 자신을 압박하는 수인족들에게 어려움을 느꼈다.

"최선을 다해야 할 것이다. 흐랏!"

이안은 마나를 폭발시키며 신형을 움직였다. 자신의 좌우로 치고 들어오는 수인족들의 공세에 몸을 던지듯이 움직이며 검집을 손에 들고 기묘한 선을 그려냈다.

카캉! 퍼퍼퍼퍽!

순식간에 십여 번의 움직임을 만들어내는 검집이 그대로 수인족들의 머리와 허리를 후려 갈겼다. 강력한 힘이 실린 그 공격에 네 명의 수인족이 짧은 당혹성을 남긴 채 뒤로 날려갔다.

"자리를 메워라! 최선을 다해!"

호인족 전사는 이안의 공격에 네 명의 전사가 튕겨지며 구멍이 생기자 자리를 메우라 소리치며 직접 이안에게로 신형을 날렸다. 놀라운 점프력을 바탕으로 위에서 내려찍듯이 공격하는 그는 두 팔을 벌린 채 몸을 풍차처럼 휘둘렀다. 연속으로 발톱이 이안을 머리를 찍으려 날카로운 호선을 그렸다.

"이크!"

이안은 그 공격에 몸을 뒤로 젖혔다가 반원을 그려 회전시키며 피했다. 그리고 재빨리 검집을 역수로 잡으며 강하게 쳐 올렸다.

"크흑!"

복부를 강하게 얻어맞은 호인족 전사는 연달아 날아오는 공격에 턱을 강타당하고 난 후에야 전열에서 이탈했다. 그가 이탈하자 대번에 수인족들의 움직임이 어지러워졌다. 본능적으로 자신들의 위치를 찾아가는 능력으로 버티기는 했으나 상대가 이안이었기에 그대로 무너지는 계기가 되어버렸다.

퍼펙! 퍼퍼퍼퍼펙!

순식간에 10여 명의 수인족이 무수한 환영에 휩싸였다가 타격을 받고 무너져 내렸다. 진체와 허체가 구분이 되지 않는 그 놀라운 검세에 수인족들은 다시는 덤빌 엄두를 내지 못하고 머리를 숙였다.

"항복하겠습니다."

"대장으로 모시겠습니다."

수인족들은 강자를 자신의 우두머리로 받아들이는 것에 거리낌이 없었다. 강함을 숭상하는 종족이기도 했지만 강자가 우두머리여야 살아남을 수 있기에 그런 전통을 만들어온 탓이다.

"히힛! 주인이 이겼다! 우리 주인 최고다!"

에일리는 이안이 모두를 굴복시키자 재빨리 달려와 팔짱

을 끼며 도도한 눈빛으로 수인족들을 내려다봤다. 자신이 이 안의 짝이라도 된 것처럼 행동하자 수인족 역시 에일리에게 머리를 숙이며 안주인으로 받드는 모습을 보였다.

"에일리의 명령을 따르도록 해. 알겠나?"

"네, 대장!"

수인족들이 머리를 일제히 숙이며 외치자 에일리는 묘한 미소를 지으며 이안의 어깨에 머리를 기댔다.

"각인!"

후웅! 휘류류류룡!

비행 원반에 최선을 다해서 마법진을 더한 이안은 그 마법 진을 각인시켰다. 활성화되기 시작한 마법진은 푸른빛을 뿜 어내다가 이내 그 빛을 다시 흡수하며 잠잠해졌다.

─다 된 건가요?

"그래, 일단 성공한 거 같다."

이안은 마법진을 추가하면서 마법 통신과 매직아이, 그리 고 만약을 위한 하이드 마법진을 새겼다. 공중에 높게 떠 있 는 비행 원반이 포격당할 일은 없겠지만 그래도 안전이 우선 이었다.

"아레나, 통제할 수 있겠어?"

─한번 해볼게요.

"그래, 통제권을 넘기도록 하지."

이안은 비행 원반을 활성화한 이후 곧장 그 통제권을 아레나에게 넘겼다. 마법 통신이 개방된 상태이기에 아레나는 연결된 마법 통신을 통해서 비행 원반을 제어해 나갔다.

─레비테이션! 플라이!

공중부양과 비행 마법으로 비행 원반을 공중으로 띄운 아레나는 던전을 벗어나 다른 곳으로 이동시켰다.

"어디쯤 갔지?"

─마스터의 부대가 있는 곳이에요.

독립여단의 주둔지로 이동했다는 말에 이안은 공중에서 보는 독립여단 주둔지의 모습을 상상했다.

"보여줄 수 있겠어?"

─잠시만 기다리세요. 일루전!

<u>스스스스슷!</u>

아레나는 비행 원반이 보내오는 정보를 그대로 일루전 마법으로 치환하여 이안의 앞에 만들어냈다.

"오! 멋진 걸!"

이안은 일루전 마법이 만들어내는 독립여단 주둔지의 모습을 보며 탄성을 터뜨렸다. 수백 미터 상공에서 보는 거라 사람의 모습이 개미처럼 작게 보였지만 그 숫자가 어느 정도인지 정확하게 알 수 있었다.

'이 정도면 그 이계인의 기억에서 본 정도는 아니더라도 충분히 쓸 만하겠어.'

최악의 경우 클라우드 마법으로 주위에 구름을 만들어낸 후 하이드 마법으로 숨어버리면 적들도 비행 원반을 공격하기 어려울 것이다. 아니면 접근하는 초기에 그 방법을 써서 머리 위에서 정보를 시시각각 아레나에게 전달하는 것도 한 방법이다.

'이제 적들의 움직임은 내 손 안에 있게 되는 셈이로군. 정말 엄청난 사건이 될 것이다, 이건.'

적의 움직임을 빤히 쳐다보며 싸울 수 있다는 것은 그야말로 전쟁을 뒤집어 버릴 수 있는 일대 사건이다. 적은 병력으로도 효율적으로 적들을 막아낼 수 있는 바탕이 될 것이기 때문이다.

"아레나!"

―말씀하세요, 마스터!

"비행 원반들을 내가 지정하는 곳으로 보내서 적들이 그곳으로 들어오는지 살펴줘."

―그렇게 할게요.

아레나는 이안이 지도를 꺼내 두 곳을 가리키자 그곳으로 곧장 비행 원반을 보냈다. 통제할 수 있는 비행 원반의 수가 그리 많지 않아서 한 곳에 세 대씩의 비행 원반을 보냈지만 공중에서 살피는 것이라 반경 10킬로미터씩은 확실하게 커버해 줄 것이었다.

"뭔가 움직이는 것이 파악되면 곧바로 나에게 알려줘."

—지금도 몬스터들은 많이 움직이는데요.

"몬스터는 제외. 로크 제국에서 넘어오는 적들만 파악해줘."

—그건 어렵지 않죠. 적들의 움직임이 파악되면 바로 알려드릴게요.

"그래, 부탁할게."

이안은 아레나에게 정찰 임무를 모두 맡기고 나자 한결 마음을 놓을 수 있었다. 이제 아레나가 알려주는 적들의 움직임을 보고 효과적으로 물리치는 것에만 골몰하면 되었다.

"오랜만에 뵙니다, 주군!"

샤르딘 준남작은 이안의 명대로 최대한 식량을 사서 보급하는 임무에 충실했다. 석 대의 갤리선으로 운반하는 것이라 제법 많은 양을 실어왔는데 그것이 아니었다면 독립여단은 식량난에 휩싸였을 것이다.

"수고가 많았소."

이안은 샤르딘 준남작이 이번에도 많은 식량과 수인족 노예들을 사온 것에 대해 치하의 말을 건넸다.

"아닙니다. 당연히 해야 할 일입니다."

"아무래도 더 이상의 상행은 어려울 것 같은데, 어떻소?"

이안의 물음에 샤르딘 준남작도 동감하는지 고개를 끄덕였다. 이미 독립여단의 주둔지와 동북부 지역을 제외하고는 다아크 공작군이 모두 장악한 상태였다. 중부는 전쟁 지역으로 변해서 몸을 사리고 있고, 남부는 중립이지만 역시 문을 걸어 잠그는 듯한 움직임을 보였다.

"식량이 부족하겠군요."

"아무래도 그렇겠지. 후우."

식량을 구하는 것이 어려워지면 싸움을 할 수 없게 된다는 것이 문제였다. 동북부 지역은 헥토르 후작의 반란 탓에 전 지역이 초토화되는 전화를 겪었다. 그 때문에 밀 농사를 망쳤고, 백성들을 먹이는 것에 엄청난 어려움이 있었다. 이안은 그것을 타개하고자 로크 제국에서 용병으로 싸움을 하지 않았던가.

"로크 제국은 이제 식량을 구할 수 없을 겁니다. 체이스 제국은 워낙 척박한 기후와 농토 탓에 빠듯할 것이구요."

샤르딘 준남작의 말에 이안은 아랫입술을 질겅질겅 씹었다. 지금 보유하고 있는 식량으로는 3개월을 버티면 잘 버텼다는 말을 들을 수 있을 정도이다. 그 이후에는 어떻게 할 방법이 없으니 그것이 문제였다.

"남부의 곡창지대에서 식량을 구해 와야 하는데… 그것이 문제로군."

남부 리만왕국이 호시탐탐 노리는 지역이 남부 곡창지대였다. 대수림을 기반으로 일어난 리만 왕국은 식량을 풍족하게 얻을 수 있는 땅을 원했다. 그 탓에 4군단의 발이 묶이고 남부의 귀족들은 중립을 표방하며 문을 굳게 걸어 잠갔다.

"다아크 공작도 장기전으로 끌고 갈 겁니다. 식량이 모자란 이곳의 사정을 어느 정도는 파악하고 있을 테니까요."

"그렇겠지. 제길."

자신이 용병으로 로크 제국에서 벌인 일은 락토르의 귀족이라면 누구나 아는 사실이다. 그것을 기억한다면 동북부가 식량난으로 인해 언제 허물어질지 모르는 상태라는 것을 다아크 공작도 잘 알고 있을 것이다.

"식량을 수급할 수 있는 곳이 있다면 어디가 남았소?"

"글쎄요. 흐음……."

체이스 제국에서 원조를 요청한다면 박박 긁어서라도 도와주기는 할 것이다. 그러나 나중에는 그것이 발목을 잡을 수 있는 덫이 될 수도 있었다.

"페그리트 백작령은 남부에서 올라오는 농산품이 모이는 곳입니다. 내전으로 인해서 물량이 그대로 남아 있습니다만… 문제는 그가 다아크 공작의 편이라는 겁니다."

남부의 대영주 중의 하나인 페그리트 백작은 중립을 표방한 남부 귀족들과는 다르게 다아크 공작의 지지자였다. 그가 손에 쥔 식량이라면 이 난국을 타개할 수 있을 정도의 양이다.

'그자를 쳐야 하는가? 흐음.'

페그리트 백작은 남부의 대곡창 지대에 영지를 가진 귀족답게 거느린 세력이 만만치 않았다. 거기다 문제가 되는 것은 다아크 공작의 지지자이지만 겉으로는 중립을 표방하고 있다는 것이다.

'중립을 표방했는데 건드린다면… 다른 귀족들이 대번에 다아크 공작에게 넘어가겠지. 으음.'

여러 가지로 복잡하게 문제가 얽혀 있는 탓에 꼬인 실타래를 어떻게 풀 것인지가 관건이다. 식량이 없으면 죽는 것은 시간문제이니 우선 사는 것을 선택해야 할 순간이 반드시 올 것이다.

"그곳을 공략해서 식량을 가져올 수 있다면 식량 문제는 해결될 겁니다. 지금으로써는 그곳 외에는 식량을 구할 곳이 없습니다."

샤르딘 준남작의 말에 이안은 천천히 고개를 끄덕였다. 북방의 척박한 대지에 기반을 두고 있는 체이스 제국에서 구할 수 없다면 유일한 대안은 그곳뿐이었다.

"알겠소. 당분간은 영지로 내려가 그곳의 내정을 책임져 주시오."

"이제는 내정 책임자가 되는 겁니까? 뭐, 그것도 나쁘진 않군요."

상단주로서의 역량이 나쁘지 않은, 오히려 뛰어난 샤르딘 준남작이기에 그에게 영지 건설을 비롯한 행정 업무를 맡긴 다면 자신이 없어도 효율적으로 일을 해나갈 터였다. 헥토르 후작령의 유민들을 대거 끌어들인 탓에 그곳을 믿고 맡길 수 있는 인재가 꼭 필요했다. 지금이야 군정 비슷하게 이끄는 탓에 무리가 없지만 전쟁이 격화되면 군대를 모두 빼야 하는 상황이 닥칠 것이기 때문이다.

"우선적으로 치안대를 조직하는 것에 심혈을 기울여야 할 거요. 곧 군대는 전쟁을 하기 위해 빠져나갈 것이니 말이오."

"치안대라……. 알겠습니다."

치안대를 조직하는 일도 상당한 자금이 소모된다. 30만 규모의 유민을 통제하려면 적어도 5천 이상의 치안 병력이 필요했다. 그 인원을 무장시키는 것만 해도 수만 골드가 넘는 금액이 소모될 것이다. 특히 지금처럼 내전에 이어 또다시 전쟁이 벌어진 상황이라면 철을 구하는 것만 해도 몇 배의 금액이 소모될 것이다.

"치안대를 조직해도 병장기를 구입하는 문제는 제 선에서

해결할 수 없습니다. 그러니 드워프 분들께 협조를 구해도 되겠습니까?'

강철의 모루 일족이 있으니 그들에게 병장기를 만들어 달라고 부탁하려는 듯했다. 하지만 지금 시점에서는 병장기나 만들고 있을 시간이 없었다. 마동포와 샤베른을 만드는 것에 집중해야 할 시기였다.

"병장기 문제는 내가 해결하리다."

"주군께서 말씀이십니까?"

"그렇소. 충분한 병장기와 무구를 구해올 것이니 염려 마시구려."

"그러시다면 저로서는 안심입니다. 하하하!"

가장 확실한 것은 적들을 물리치고 그들의 무구를 빼앗는 것일 테지만 지키기에도 급급한 전력을 가지고 그걸 바라는 것은 무리였다. 그래서인지 샤르딘 준남작은 가능하겠냐는 듯한 웃음을 터뜨리며 뒷머리를 긁적였다.

'왕성에 다시 한 번 다녀와야겠어. 비공정을 타고 갔다 오면 하루면 충분하니까.'

비공정의 속도를 생각하면 하루면 충분히 왕성에 다녀올 수 있었다. 그리고 그곳의 던전에 가득 채워진 무구들을 가지고 와서 치안대를 무장시키면 그만이다.

'이동 수단의 혁신적인 발전이 이루어져야 한다. 그래야만

살아남을 수 있어.'

두 제국의 틈바구니에 끼어 있는 락토르의 현실을 감안하면 최대한 자신에게 깃들어 있는 이계인의 지식을 바탕으로 힘을 키워야 했다. 화약은 사용하지 않는다고 하더라도 그 밑바탕이 될 획기적인 과학력만 접목시켜도 충분할 것이다.

'그런 면에서 보면 기간트 캐러밴도 상당히 뛰어난 운송 수단이기는 하지. 돈이 많이 들어서 그렇지만.'

마나석을 이용해 동력원으로 삼는 기간트 캐러밴도 일종의 기간트라 생각하면 될 정도이다. 워리어급의 기간트에 탑재하는 마나 코어를 장착해서 운용하는 것이기에 기간트 한 대를 움직이는 데 필요한 마나석이 고스란히 사용되었다.

'가만, 그 동굴에서 이동할 때 사용하던 레일… 기차라고 했던가? 아! 그 방법이 있었구나!'

엄청난 재원이 소모되기는 하겠지만 레일을 깔아 놓고 기간트 캐러밴의 기술을 응용해서 기차를 만든다면 물류를 획기적으로 유통시키는 것이 가능했다. 기간트 캐러밴의 마나석 소모가 심한 것은 울퉁불퉁한 지면을 통과하며 에너지를 많이 잡아먹어서 그렇다. 그러나 레일 위를 달리는 기차는 상대적으로 마찰력이 거의 없다시피 할 것이니 에너지의 소모가 적을 것은 불문가지. 그렇다면 세상은 또 다른 변화를 이룩하게 될지도 모른다.

"더 하실 말씀이라도 계십니까?"

한동안 뭔가 곰곰이 생각하는 듯한 모습이라 샤르딘 준남작은 잠자코 지켜만 봤다. 그러나 그 시간이 점점 길어지자 조심스럽게 말을 꺼냈다.

"아, 이런, 내 정신을 보게. 전권을 위임 할 테니 영지 운영에 만전을 기해주시오."

"염려 마십시오. 제가 목숨을 걸고 해내겠습니다."

굳은 의지가 엿보이는 샤르딘 준남작의 각오 어린 얼굴을 보며 이안을 그저 고개를 끄덕이며 믿음을 보여주었다.

지잉! 지징!

마법 수정구에 울림이 일어나자 이안은 무슨 일인가 싶어서 서둘러 꺼내 들었다. 자신이 가지고 있는 마법 수정구로 연락을 취할 사람은 몇 명 되지 않았기에 뭔가 불길한 느낌이 들었다.

"이안 레이너입니다."

이안은 자신의 이름을 밝히며 연락을 취한 상대가 누구인지 살폈다.

─주군, 샐리예요.

"아! 왕성은 어때? 아참, 위험하지는 않은 거지?"

이안은 왕성에 스스로 남기로 한 샐리가 걱정되어 왕성의 상황을 묻는 것으로 시작하여 안부를 물었다.

—걱정하지 마세요. 저는 잘 지내고 있으니까요.

샐리는 전혀 다른 사람의 모습으로 위장한 채 왕성에서 정보를 모으는 일을 계속하고 있었다. 익스퍼트급의 노예 검투사 10여 명과 함께하고 있어서 최소한의 안전책도 마련해 놓았다.

"그런데 무슨 일이야? 급히 알려야 할 소식이라도 있어?"

아레스 왕자를 데리고 탈출한 지도 벌써 열흘이 지난 시점이다. 그러니 왕성을 손에 넣은 채 국왕의 만행을 성토하는 다아크 공작의 흑색선전이 전국을 뒤흔들고 있는 실정이었다. 그래서 남부의 귀족들은 더욱더 몸을 사리며 중립 노선을 표방하고 있었다.

—주군, 다아크 공작이 레이너 남작님을 체포하기 위해 군대를 보냈어요.

"아버지를? 이런……."

생각해 보니 아버지를 비롯한 레이너 가문의 영지에 대한 것을 생각하지 않고 있었다. 영지가 있는 곳이 남부이기에 그곳으로 군대를 보내는 것도 어렵다는 것에 마음을 놓고 있던 것이다.

"다른 귀족들이 길을 열어줄 리 없을 텐데? 그런데도 군대를 보냈다는 건가?"

―지금 왕성에서는 락토르 국왕이 주군의 손에 죽은 것으로 소문이 나고 있는 실정입니다. 다아크 공작이 그렇게 소문을 내고 있거든요.

"뭐? 내가? 헐!"

아직까지 자신의 행선지가 밝혀지지 않은 모양이다. 레알리스의 던전은 에고 시스템이 장착된 쥘베른 10기와 스톤골렘으로 방어되고 있으니 그곳을 뚫지는 못할 것이다.

―그리고 지하 감옥으로 들어가는 곳이 파괴되었다는 정보가 들어왔습니다.

"지하 감옥이? 증거 인멸을 하려 했군."

증거 인멸이라고 할 것도 없이 지하 감옥으로 들어가는 입구를 파괴함으로써 그 안에서 나오지 못하게 만든 것이다. 국왕과 아레스 왕자까지 한꺼번에 생매장하고 그 흉수로 자신을 만들어 버린 것이다.

'그런데 내가 체이스 제국으로 가서 원군을 끌고 왔다는 정보가 들어왔겠지. 그러니 아버지와 영지를 건드리려고 하는 것일 테고.'

이안이 빠져나왔다는 것을 알게 되자 자신들이 모르는 다른 통로를 통해서 레알리스의 던전을 빠져나온 것을 알았을 것이다. 그럼에도 국왕을 죽인 흉수로 이안을 몰아가고 있는 것은 우선적으로 귀족들이 자신의 편을 들게 만들기 위함이다. 우선 힘을 보태고 나면 나중에는 역적으로 몰리지 않기 위해서라도 계속 싸울 것이기 때문이다.

"내가 국왕을 죽였다고 소문이 났으니, 다른 귀족들도 다 아크 공작이 보낸 군대에게 길을 열어줄 수밖에 없겠군. 나중에 어떤 사달이 날지 알 수 없을 테니 말이야."

─맞아요. 이틀 전에 군대가 출발했으니 적어도 열흘 안에는 도착할 거예요.

이안이 시밀로프 후작을 박살 낸 이후 남겨놓고 온 노예병들을 합해서 적어도 5천에 가까운 병력이 레이너 가문에 남아 있다. 하지만 기사의 수가 현저히 모자라고 기간트 전력이 없다는 것이 문제였다.

'그 병력으로는 방어가 불가능해. 어떻게 한다?'

레이너 가문을 따르는 영지민의 수는 1만이 채 되지 않는다. 나머지는 시밀로프가 후작이 된 이후로 그를 따르는 영지민들이었기에 구할 의무감은 없었다.

'1만이라……. 방법이 없을까?'

어떻게 해서든지 구해 와야 하는 것이 자식으로서, 또 레이너 가문의 후예로서의 책무를 다하는 것일 터였다.

'하, 미치겠군.'

여러 가지로 해야 할 일은 쌓여 있고, 그것을 해결할 시간은 부족해도 너무 부족했다. 뭔가 믿고 맡길 만한 인재의 부족이 뼈저리게 느껴지는 순간이다.

"가문의 문제는 내가 알아서 하도록 하지. 중요한 정보가 있으면 계속해서 알려줘."

―물론이에요. 이만 마법 통신을 해제해야겠어요.

"그래, 수고하라고."

이안은 마법 통신을 끊고 한동안 어떻게 일을 처리해야 할지 우선순위 작성에 골몰했다. 제일 먼저 해야 할 일은 지금 배후에서 밀고 들어올 쥬베인 후작가를 주축으로 한 적들을 물리치는 것이다.

"다음은… 윈터폴 요새를 기점으로 적을 막는 것인가? 하아!"

35만의 적이 몰려올 곳은 동북부의 관문이라고 할 수 있는 윈터폴 요새였다. 그곳에서 적을 막는 것이 최선이었기에 다음은 윈터폴 요새로 가는 것이다.

"아 참, 그전에 해야 할 일이 있었지. 이런…….."

이안은 도로 마법 수정구를 꺼내 들었다. 적의 배후를 공격하는 일을 맡길 사람이 헥토르 후작인데 그에게는 연락도 안 하고 있던 것을 이제야 깨달은 것이다.

'정신이 없어도 너무 없군. 이런 실수를 하다니. 쩝!'

이안은 서둘러 마법 수정구에 마나를 불어 넣으며 헬카이드 산맥 깊숙이 숨어든 헥토르 후작에게로 연락을 취했다.

웅! 웅! 웅! 웅!

깊은 공명음이 수정구에서 일어나며 곧 환한 빛 무리가 터져 나왔다. 그리고 수정구에 모습을 보이는 로브를 입고 있는 마법사의 얼굴을 확인할 수 있었다.

―오랜만에 뵙습니다, 레이너 백작님!

"반갑소. 헥토르 후작님을 연결해 주시오."

―잠시 기다려 주십시오. 지금 오고 계십니다.

이안은 헥토르 후작이 오는 동안 그에게 할 이야기들을 떠올렸다. 그가 다시 락토르 왕국의 전면에 등장하게 될 사건이고 오명을 씻어낼 수 있는 기회가 될 것이기에 조금은 기쁜 마음이다.

3장

너희쯤은 홀로 막아주지

제법 멀리 떨어진 곳에 있었는지 헥토르 후작과의 연결이 쉬이 되지 않았다. 20분 이상을 기다린 후에야 연락이 된 헥토르 후작은 무척 고단한 모습이었다.

─오랜만이로군, 레이너 백작!

"안녕하셨습니까? 전투라도 치르신 겁니까?"

갑옷을 입은 모습이고 여기저기 생채기가 난 것을 보면 악전고투를 치른 것 같다.

─여기 헬카이드 산맥이 호락호락한 곳이 아니더군. 기간 트를 동원하지 못하는 지형이 많아서 말이야. 몸으로 때웠지.

하하하!

"고생하셨네요. 그런데 이제 그 고생보다 더 큰 고생을 하셔야 할 것 같습니다."

─더 큰 고생이라……. 내가 전면에 나서야 하는 상황이 온 것인가? 기회가 올 것은 짐작하고 있었지만 시간이 너무 빠르군.

헥토르 후작은 헬카이드 산맥 속으로 숨어든 이후 거의 모든 정보망이 무너진 상태였다. 모든 정보와 식량 원조를 이안에게 의존하는 중이다.

"다아크 공작이 이빨을 드러낸 이래 상황이 빠르게 변하고 있습니다."

─이야기를 해주게.

"크리스토퍼 대공이 20만에 달하는 병력을 이끌고 국경을 넘은 것은 알고 계실 거라 생각합니다."

─그건 알고 있네.

"왕성에서 다아크 공작과 합류하기 직전인데 곧 국왕의 악행을 징벌한다는 것을 공표하고 움직일 겁니다."

─징벌이라……. 웃기지도 않는군.

"손바닥으로 하늘을 가릴 수 있다고 믿는 모양이죠. 후후후!"

─그 정도로 내가 움직이는 것은 조금 아깝지 않겠나?

헥토르 후작은 크리스토퍼 대공과의 싸움에서 결정적인 역할을 하기를 원했다. 전면전이 벌어졌을 때 하늘에서 뚝 떨어진 것처럼 기습을 가하는 장면을 원하는 것이다.

"어지간하면 전면전이 벌어졌을 때 등장하셨으면 좋겠지만 상황이 아주 나빠서 말이죠."

─상황이 나쁘다……. 두 놈의 군대 외에 또 다른 놈이 등장이라도 한 모양이로구만.

"맞습니다. 쥬베인 후작가를 주축으로 한 10만의 군대가 이곳으로 오고 있습니다."

명장이라는 소리를 듣던 이답게 상황 판단이 무척 빨랐다. 이안이 원하는 것이 그 쥬베인 후작가의 군대를 빠르게 처리하는 것이라 여긴 그가 단도직입적으로 물었다.

─어떻게 해주길 바라나? 헬카이드 산맥으로 들어오는 적들만 지워주면 되겠나?

헬카이드 산맥으로 들어오는 적은 소규모일 수밖에 없다. 산맥을 넘어가는 일도 어려운 마당에 대군이 움직인다면 그 피해가 너무 클 것이기 때문이다.

"후작님이 쥬베인 후작이라면 독립여단을 어떻게 공략하시겠습니까? 국경을 바로 넘는다는 가정 하에서 말입니다."

─내가 쥬베인이라면 말인가? 어려운 질문이로구만. 크크 크!

쥬베인 후작의 입장에서 독립여단을 공격하는 거라면 드러난 독립여단의 규모와 전투력 등을 감안해서 작전을 짜야 한다. 그렇게 생각하니 가장 걸리는 것이 마동포의 존재였다. 산맥의 고지대를 차지하고 마동포로 요격하는 독립여단을 정면에서는 치기가 어려웠다.

─기간트로 배후를 노려야겠지. 길은 좁아도 독립여단으로 들어가는 곳이 여럿 있으니까 말이야.

기간트를 움직일 수 있는 공간만 있다면 그것이 최선이다. 공작가의 지원을 받아서 쥬베인 후작이 직접 움직였다고 해도 기간트 전력은 최대로 잡아도 100대 정도이다. 그 전력으로 독립여단을 제압하려면 기습의 묘를 살려서 뒤를 공격하는 것이 헥토르 후작이 생각한 작전이었다.

"그 기간트 부대를 빠르게 제거하고 앞으로 밀려올 병력을 칠 생각입니다."

─흐음, 지금 내 휘하의 기간트가 12대뿐이야. 그것으로는 오히려 당할 것이네만.

"후작님께서는 그레그 소장이 이끄는 2군단이 적의 본대를 공격할 때 배후에서 기습을 해주십시오."

─본대를? 기간트 전력은 어떻게 하고 말인가?

"그건 제가 알아서 하겠습니다."

─흐음, 알겠네. 그렇게 하지.

이안이 기간트 100여 대를 어떻게 상대할 것인지는 의문으로 남겨두었다. 마스터로서 자신보다 위의 실력을 가진 이안이 저리 자신 있게 대답하자 헥토르 후작은 이안이 자신 있는 이유가 있을 거라 생각하였고 그를 믿었기에 그의 부탁을 승낙한 것이다.

헥토르 후작에게 그레그 소장과의 협동 작전을 부탁한 후 이안은 아레나의 던전에서 미친 듯이 마나 코어를 만들어야 했다. 마동포의 각인 작업까지 더해져서 마나가 바닥이 나는 일이 비일비재했다.

"후아! 작업 끝!"

사흘 동안 만든 마나 코어가 30개였다. 하루에 10개씩 만드는 빡센 작업의 결과물을 앞에 둔 이안의 얼굴에 미소가 번졌다.

─마스터, 3호 비행 원반의 매직아이에 정체불명의 기간트들의 움직임이 감지됐습니다.

"바로 보여줘."

─네. 일루젼!

아레나가 일루젼 마법으로 비행 원반에서 보내오는 마법 영상을 그대로 재현했다. 험준한 산맥이 눈앞에 펼쳐지고 동쪽에서 접근하는 100여 대의 기간트가 보인다.

"조금 더 확대해서 보여줘."

이안의 요구에 아레나는 곧바로 적들의 모습을 확대해서 보여주었다. 그러자 개미처럼 보이던 기간트가 확대되고 그 뒤에 따라오는 병력까지 볼 수 있었다.

"흐음, 산악 레인저까지 동원한 건가? 대단하군."

기간트로 기습을 한다고 해도 효율적인 부분을 따지자면 병력을 동반한 작전이 더 좋았다. 그것을 위해서 특별히 산악 레인저까지 동원해서 오는 것이다.

"바로 움직일 테니 이 마나 코어들을 드워프들에게 보내도록 해."

―무운을 빌어요, 마스터!

이제 아레나의 던전에는 수인족이 대거 보강되어 일손이 많이 늘어났다. 에일리를 데리고 간다고 해도 케이트가 있기에 맡긴 일은 무난하게 처리할 수 있었다.

"에일리, 가자!"

"오예! 에일리, 주인 따라간다."

에일리는 오랜만에 주인인 이안이 자신을 데리고 가는 것에 기분이 좋은지 싱글벙글했다. 그동안 에일리는 아레나의 던전에서 교육 받느라 하루하루 스트레스가 쌓여갔다. 그러다 이렇게 주인과 함께 움직이게 되자 하늘을 날아갈 것 같았다.

"비공정 기동!"

후웅! 고오오오오!

비공정의 마나 코어에서 진동이 일어나고, 곧장 둥실 떠오르는 비공정이 기동 준비를 마쳤다.

"부상하라!"

조종관에 의념을 불어넣으며 비공정을 움직이는 이안은 아레나의 던전을 벗어났다. 에일리는 비공정을 타고 하늘을 나는 것이 신나는지 꺅꺅거리며 이리저리 뛰어다니기 바빴다.

"우선 두 곳에 나눠 놓은 기간트를 모아야겠군."

헬카이드 산맥을 넘어서 독립여단 주둔지로 넘어오는 길은 두 곳이다. 그 두 곳을 모두 막아야 하기에 남아 있는 기간트를 둘로 나눠서 배치했다. 한 곳에 20기씩 배치되어 있으니 다른 곳의 기간트를 서둘러 이동시켜야 했다.

—기어스 대령입니다.

"이안 준장입니다, 기어스 대령."

—하하! 이안 준장님께서 무슨 일로 소관에게 연락을 다 주셨습니까?

기어스 대령은 2군단의 기간트 부대를 이끄는 사람이다. 이전의 지휘관이 이안의 손에 죽은 이후 부대를 장악하고 그레그 소장의 지휘를 따랐다.

"2지점으로 적들이 몰려오고 있습니다. 그곳으로 이동하십시오."

─2지점으로 말입니까? 지금 바로 이동하겠습니다.

"그럼 그곳에서 뵙죠."

2지점으로 이동하려면 적어도 몇 시간은 걸릴 것이다. 적들이 오는 시간보다 늦을 것은 분명하지만 안 오는 것보다는 나았다.

"에일리!"

"주인, 말해라."

"이번에는 네가 활약을 좀 해줘야 한다. 할 수 있겠지?"

"호호! 물론이다. 에일리는 주인을 위해서 싸운다."

에일리는 이안을 위해서 싸우는 것을 당연한 것이라 믿었다. 아레나를 매개체로 하여 마스터인 이안을 위해서 죽는 것도 불사하는 가디언이기 때문이다.

"그래, 너희들도 에일리를 잘 도와주도록 해."

"네, 대장!"

비공정에는 에일리 외에도 15명의 수인족이 타고 있었다. 그들은 이안이 하사한 아티팩트로 중무장한 상태였는데 이전보다 배는 더 강력해졌다. 거기다 가디언으로 등록되어 이안에게 절대 복종하는 존재로 변해 있었다.

"중령님! 저길 보십시오, 저길!"

제 2지점의 방어 임무를 맡은 것은 2군단 소속 기간트 부대의 맥티어난 중령이다. 갑작스러운 휘하 대원의 호들갑에 그는 서남쪽으로 시선을 돌렸다.

"모두 대열을 정돈하라! 이안 레이너 준장님이시다!"

"넵!"

휘하의 대원들로 시작하여 서포트를 위해 파견된 천여 명의 병력이 비공정을 맞이할 준비를 끝냈다. 그러자 서서히 내려서는 비공정이 유려한 움직임을 선보이며 무사히 안착했다.

"여단장님께 경례!"

"추웅!"

비공정에서 내리는 이안을 보고 맥티어난 중령이 구령을 외쳤다. 그러자 우렁차게 구호를 외치는 대원들과 병사들의 함성이 산맥을 뒤흔들었다.

"쉬어! 모두 수고가 많다."

"모두 쉬어!"

이안은 대원들의 초롱초롱한 눈빛을 보고 그들이 비공정에 관심을 가지고 있다는 것을 느꼈다. 인간의 꿈이 바로 하늘을 나는 것이라고 하지 않던가.

"맥티어난 중령, 바로 전투 준비를 하도록!"

"전투 준비라면… 적이 오는 겁니까?"

"그렇다. 100여 기가 넘는 기간트가 이곳으로 몰려오고 있으니 각오 단단히 해야 할 것이다."

"목숨을 걸고 싸울 겁니다. 걱정 마십시오."

"믿겠다. 시작하지."

"충!"

맥티어난 중령은 적 기간트 부대가 오고 있다는 말에 흥분으로 온몸이 붕 뜨는 것 같은 기분이다. 평원 지역에서 다섯 배가 넘는 적을 만난다면 절망하겠지만 이곳은 폭이 200미터도 채 되지 않는 깎아지른 듯한 절벽 위에 만들어진 자연적인 길목이다. 한 번에 부딪친다고 해도 절대 20대 이상의 기간트가 나서지 못하는 구간인 것이다.

"적이다! 라이더들은 모두 기간트에 탑승하라!"

"추웅!"

라이더들이 각자의 기간트에 오르자 낮은 토성을 쌓아놓고 방어 진지를 구축한 병사들도 각자의 자리로 가서 방어 태세를 갖췄다.

"에일리!"

"주인, 나 불렀다."

에일리는 자신을 부르는 이안의 옆으로 쏜살같이 달려왔다. 인간들의 기세가 변하는 것을 보고 전투가 벌어질 것을 느낀 그녀는 전투 종족답게 묘한 기대감이 어린 눈빛으로 이안을 바라보았다.

"적의 척후를 모두 제거하도록 해. 본대가 있는 곳에는 절대 가면 안 되는 거 잊지 말고."

"우웅! 척후? 모두 죽인다. 이따 본다. 캬웅!"

에일리는 달려가며 수인의 모습으로 변했다. 레알리스의 던전에서 가지고 온 최고급 무구를 지급 받은 에일리는 신축성이 뛰어나고 찢어지지 않는 미스릴로 만든 슈트를 덕분에 알몸을 보이지 않아도 되었다.

'진즉 미스릴 천으로 만들어진 슈트를 줄 것을. 암튼 보기 좋네. 흐흐!'

타이즈처럼 쫙 달라붙는 슈트를 입은 탓에 에일리의 몸매가 고스란히 드러났다. 야수화로 인해 체형이 1.5배로 커졌지만 굴곡 있는 몸매의 볼륨감은 그대로라 보는 눈이 호강하는 기분이다.

'주인의 적은 모두 죽인다!'

에일리는 오랜만에 이안이 자신에게 일거리를 준 것이 너무도 기뻤다. 그래서 온몸의 근육이 터져 나가기 직전까지 폭풍 질주를 하며 산을 타고 달렸다.

'냄새! 적이다!'

아무리 위장을 한다고 해도 야수의 후각은 인간의 수천 배에 달한다. 수 킬로미터 밖에서 나는 체취도 생생하게 맡을 수 있는 에일리는 뒤를 따라오는 부하들에게 손짓했다.

"크륵!"

"캬아!"

두 패로 나뉘어서 흩어지는 부하들을 먼저 보내고 남은 세 명의 부하와 조심스럽게 전진했다.

부스럭! 뚜둑!

조심스럽게 걷는다고 해도 숲은 낙엽이 쌓여 있어서 발걸음 소리를 아예 없앨 수는 없다. 전방에서 다가오는 20여 명의 적은 산악 레인저로 사주경계를 철저하게 하며 몸을 최대한 낮춘 채 다가왔다.

"키이!"

낮은 소성으로 신호를 보낸 에일리는 민첩한 동작으로 나무를 타고 올라갔다. 그러자 다른 부하들 역시 나무 위로 올라가며 몸을 낮췄다.

'조금만 더 와라. 그래, 공격!'

에일리는 민첩하게 몸을 날려 밑으로 떨어져 내렸다. 날카롭게 솟아오른 발톱을 클로처럼 교차시켰다가 펼치며 산악 레인저들의 머리통을 찍어갔다.

"크헉!"

"적이다! 막아!"

놀란 척후대의 대장이 외쳤지만 이내 다른 수인족들의 기습을 받고 속절없이 죽어나갔다. 산악 레인저 척후대의 죽음을 시작으로 피비린내 나는 싸움이 시작되었다.

　"티그논 자작님, 척후대와 연락이 끊어졌습니다."

　"척후대와? 몇 개 조를 내보냈지?"

　"총 다섯 개 조를 내보냈습니다."

　"다섯 개 조라⋯⋯."

　척후대는 2명의 기사와 20명의 대원으로 이루어져 있었다. 한 번에 몰살당하지 않는 이상 2명의 기사 중에 하나는 신호용 폭죽을 터뜨려서 적이 매복하고 있음을 알리도록 훈련 받았다.

　"다섯 개 조 모두 연락이 끊어진 건가?"

　"그렇습니다. 아무래도 적이 매복을 하고 있는 것 같습니다. 행군을 늦추시는 것이 어떻겠습니까?"

　쥬베인 후작가의 봉신인 티그논 자작은 최상급의 라이더는 아니지만 거의 근접해 있는 실력자였다. 덕분에 휘하의 라이더들과 공작가를 위시한 각 가문의 기간트를 모두 동원하여 독립여단의 배후를 치는 임무를 맡았다.

　"적이 매복해 있다고 해도 이 많은 기간트 부대를 어쩔 수는 없을 터, 강행한다!"

"하오나······!"

"아아! 쫄 거 없어. 아무리 뛰어난 기사가 많아도 기간트를 상대로는 아무것도 할 수 없으니 말이야. 그 독립여단이라는 놈들이 가진 기간트가 몇 대 되지 않는다면서?"

40기 이하의 기간트와 기계장치로 알려진 샤베른만 보유한 독립여단을 깔보는 투가 역력했다.

"하오나 이곳은 산악지대입니다. 매복으로 열 배가 넘는 적도 물리칠 수 있는 곳이 산악지대라는 것을 잊으시면 안 됩니다!"

산악 레인저들의 부대장이자 남작의 작위를 가진 무어 남작의 말에 티그논 자작의 심기가 무척이나 불편해졌다. 자신보다 아래인 자가 자신에게 이래라저래라 하는 것을 극도로 싫어하는 그의 성정이 활활 타올라 버린 것이다.

"닥쳐라! 모든 지휘권은 내가 행사한다는 것을 잊지 마라!"

"크윽!"

지휘권을 말하며 강압적으로 노려보는 티그논 자작의 행동에 무어 남작은 고개를 돌려 버렸다.

"그대로 행군한다! 아니, 속도를 더 올려라!"

"추웅!"

명령을 받은 병사들이 더욱 속도를 올려 산악을 행군해 나갔다. 앞서서 이동하는 기간트로 인해 뻥 뚫린 길이 열린 탓에 행군의 속도를 올려도 무리가 없었다.

"대장님, 어떻게 합니까?"

산악 레인저로 잔뼈가 굵은 무어 남작은 원래부터 귀족 출신이 아니었다. 공훈을 쌓고 쌓아서 남작의 작위까지 받은 베테랑으로 부하들의 존경을 한 몸에 받는 이였다.

"보조는 맞춰라. 단… 언제라도 뒤로 빠질 수 있도록 대비시켜. 알겠나?"

"명령대로 하겠습니다. 그런데 질문 하나 해도 됩니까?"

"뭔가?"

"그게 기간트가 저리 많은데 괜찮을 수도 있잖습니까?"

부하의 질문에 무어 남작은 고개를 가로저었다. 그가 사전에 들은 정보에 따르면 적들은 마동포로 무장했다는 것이다.

"마동포로 집중 포격을 가하면 기간트 옆에 있는 것만으로도 재앙에 직면하게 될 거다. 내 명령대로 해."

"옙!"

부하들이 은밀하게 무어 남작의 명령을 전파하며 기간트 부대와 거리를 두고 조금씩 뒤로 처졌다.

─곧 적들이 보일 거예요, 마스터!

아레나가 비행 원반을 통해 적의 움직임을 빠짐없이 이안에게 마법 통신으로 알렸다. 덕분에 적의 등장 시기를 아는 이안은 손을 들어 올렸다.

"마동포를 숨겨라!"

아공간 가방에서 부려놓은 마동포의 숫자는 20대였다. 용량의 한계가 있어서 그 정도였고, 비공정에 따로 실어 놓은 마동포까지 합하면 40문의 마동포가 적의 진격로를 향해 겨냥된 상황이다.

'과연 어떤 방식으로 덤빌까? 무작정 밀고 들어오지는 않을 텐데 말이지.'

마동포가 있다는 것을 알기에 그에 대한 대비책 정도는 마련하고 올 것이 분명했다. 산악을 통해서 들어오는 것도 어떤 의미에서는 마동포에 대비한 것이기도 했다. 산 위로 마동포를 쏠 경우 그 위력이 반감되는 것은 상식이니 말이다.

"라피드 소환!"

이안은 오랜만에 라피드를 소환했다. 이제 라피드를 가지고 있는 것에 대해 의문을 제기하는 자는 없었다. 덕분에 아무 거리낌 없이 소환하고 곧바로 탑승했다.

─마스터의 탑승을 환영합니다.

라피드는 오랜만에 소환하여 준 주인에게 반가움을 표시했다. 고저의 장단이 거의 느껴지지 않는 에고 시스템의 목소리였지만 그렇게 느껴지는 것은 동화가 이루어진 경험에 의한 것일 터였다.

"오랜만이야. 마나 코어 활성화!"

―마나 코어 가동합니다.

"동화율 체크!"

―동화율 체크합니다. 93%, 94%… 96%. 체크 완료!

"96%라……. 좋군. 기동 준비!"

이안은 서서히 살아나는 감각을 일깨우며 라피드를 움직였다. 이미 대오를 갖추고 있는 2군단 소속의 라이더들이 뒤에서 걸어 나오는 이안에게 길을 열어주었다.

―우와! 볼 때마다 정말 엄청납니다, 준장님!

―꼭 마신을 보는 거 같다니까요! 하하하!

라이더들은 강철의 외장이 아닌 근육과 가죽으로 이루어진 듯한 라피드를 보며 감탄사를 연발했다. 마수와 합쳐지며 뼈대는 쥘베른이지만 외장은 마수의 근육과 가죽으로 이루어진 탓에 꼭 살아 있는 마수처럼 보이는 탓이다.

―그런데 어디서 만든 겁니까, 그 기간트는?

한 라이더가 궁금증을 참지 못하고 물었다. 이안은 라피드의 출처를 어떻게 해야 할지 잠깐 고민했지만 만능열쇠라고 할 수 있는 레이첼의 이름을 언급하는 걸로 끝내 버렸다.

"9클래스의 경지를 개척한 프록시나 폰 레이첼 대마법사님이 만든 기간트다. 세상에 오직 이거 한 대뿐이고 더 만든 것은 없다."

거짓말이지만 그렇게밖에 납득시킬 방법이 없으니 여기서 마무리 짓는 것이 최선일 터이다.

―역시… 대마법사…….

―아쉽습니다. 그거 몇 대만 더 만드셨어도 좋았을 텐데 말입니다.

라이더들은 나이트급을 넘어서는 위력을 가진 라피드에 대한 열망을 드러냈다. 그들이 주고받는 말을 막고 싶은 생각은 없었다. 지금 저렇게라도 긴장을 푸는 것이 전투에 돌입했을 때보다 나은 결과를 낳을 수 있으니 말이다.

"적이 보인다! 각오를 단단히 가져라!"

―추웅!

로크 제국의 범용 기간트인 오시리스는 마나 코어의 출력이 1.97에 이르는 괴물과 같은 기체였다. 2.2를 넘어서면 나이트급으로 치는 것을 감안하면 거의 나이트급에 근접한 출력을 가진 것이다.

'라페스트와는 또 다른 놈이었지.'

체이스 제국의 라페스트와는 몇 차례 전투를 한 적이 있다. 중장갑을 바탕으로 파워 위주의 전투를 하는 라페스트는 오히려 싸우기가 편했다. 하지만 오시리스는 경장갑을 택한 기체로 스피드에 중점을 두었다. 그래도 1.97이라는 출력이 말해주듯이 그 힘도 라페스트를 능가했다.

'좋은 상대가 되겠군.'

락토르의 범용 기간트인 젤러스와 비슷한 전투 방식이지만 그 힘은 월등히 뛰어났다. 젤러스의 출력이 1.8에 불과했으니 힘으로 따지면 오시리스에게 패할 수밖에 없었다.

"가운데는 내가 맡는다! 오각 대형으로!"

—명!

이안의 좌우로 다섯 대씩의 기간트가 대오를 갖췄다. 오각형의 모습이지만 앞 열의 석 대가 거의 비슷하게 서고 그 사이로 두 대의 기간트가 뒤 열에서 포진하는 방식이다. 앞 열은 방어에 전력을 기울이고 그 사이사이에서 기간틱 렌스로 후위에서 공격하는 전술 대형이었다.

'이 정도면 틈은 없어 보이네.'

200미터가 채 되지 않는 곳이라 워리어급 기간트 6대와 라피드까지 총 7대가 벌려 서자 꽉 차는 느낌이다. 물론 비집고 들어가려면 틈이야 많겠지만 일단 안정감을 주는 대형에 이안은 만족했다.

—적들이 대기하고 있습니다.

굽이굽이 돌아서 오는 것이라 뒤늦게 대기하고 있는 이안을 발견한 티그논 자작은 부하의 외침에 자신의 기간트를 멈추며 명령을 내렸다.

—지형이 좁다! 2조부터 5조까지 선공을 가하라!

—명!

4개 조 20대의 기간트가 2열로 늘어서며 진격해 들어갔다. 처음에는 천천히 이동했지만 점점 거리가 근접할수록 속도를 올리며 거의 달리듯이 쇄도해 들어갔다.

"방어에 최선을 다하도록! 그럼 살아서 보자!"

이안은 라피드의 거검을 들어 올리며 달려오는 오시리스를 겨눴다. 수적으로 부족한 상황이기에 최대한 기간트 전력을 보존해야 했다. 그것을 해내기 위해서는 자신이 필사적으로 싸워야만 할 것이다.

—2조가 저 괴물을 맡는다! 다른 조들은 좌우를 뚫어!

—맡겨두쇼.

압도적인 비쥬얼을 지닌 이안의 라피드는 로크 제국에도 어느 정도 알려진 상황이었다. 다아크 공작이 전투 장면을 마법 영상으로 만들어 보고한 것을 넘긴 탓이다.

—간다! 렌스차지!

—으라차차!

일제히 달려오며 두 대의 오시리스가 기간틱 렌스로 차지를 가해왔다. 동시에 쇄도하며 라피드의 몸통을 노리고 공격을 가하며 피할 공간을 제약했다. 그리고 곧바로 뒤에서 다른 기간트들이 틈을 파고들며 렌스 공격을 가할 기회를 노렸다.

"오랏! 모두 부숴주마!"

이안은 기간틱 소드에 의념을 불어넣었다. 이글이글 타오르듯이 솟아오르는 오러가 5미터가 넘게 형성되며 밀려드는 기간틱 렌스를 후려쳤다.

—마, 마스터다!

—이, 이런!

전혀 예상하지 못한 기간틱 마스터의 등장에 공격하던 2조의 라이더들은 패닉에 빠져들었다. 자신들이 찔러 넣은 기간틱 렌스를 간단하게 갈라 버리며 역으로 공격해 오는 것에 움찔하며 뒤로 물러났다.

—물러서지 마라! 적은 한 대에 불과하다!

2조의 조장은 앞선 라이더들이 뒤로 물러서는 것에 일갈을 터뜨렸다. 아무리 마스터라고 해도 기동할 수 있는 공간의 협소함을 생각하면 승산이 아예 없는 것은 아니었다.

—다리를 노려라! 찔러!

쉬익! 쉬쉬쉭!

다섯 대의 기간트가 무차별적인 공세를 퍼부으며 다리를 노렸다. 오러가 실린 기간틱 소드가 그런 공격을 사전에 차단하며 빠르게 반원을 그려냈다. 닥치는 대로 잘려 나가는 렌스는 이제 렌스라고 부르기에도 민망한 쇠몽둥이 수준으로 짧아졌다.

—2조 후퇴! 4조 전진하라!

무기를 잃은 2조는 이안의 거검이 거센 공세를 퍼붓자 버티지 못하고 뒤로 물러났다. 그러자 그 사이를 메우는 5대의 기간트가 다시 유기적으로 움직이며 공격을 막아갔다.

—보충용 렌스를 꺼내라! 서둘러!

기간트끼리 부딪치면 기간틱 렌스도 금방 망가지는 터라 등에 사선으로 매달아놓은 여벌의 렌스가 있었다. 그것을 꺼내서 병기를 바꾼 2조의 기간트들은 좌우로 벌려 들어가며 라피드를 포위하기 시작했다.

—절대 무기를 맞대지 마라!

앞으로 튀어나와 있는 탓에 이안의 라피드만 포위되어 버렸다. 이제는 렌스를 찔러 넣지 않고 견제만 하며 사방에서 공격할 타이밍을 잡았다.

—잡았다. 죽엇!

배후로 돌아 들어간 2조의 조장은 라피드의 등판이 훤히 보이자 그대로 질풍처럼 쇄도해 들어갔다. 전방에서 견제하는 렌스들을 막기 위해 거검이 휘둘러지는 타이밍까지 잰 공격이었다.

"흐압!"

이안은 필사적으로 라피드를 움직여 등판을 찔러들어 오는 배후의 공격을 피했다.

—어림없는 수작!

―이것도 받아라!

반원을 그려 빙글 휘돌며 피하는 것에 견제만 하던 좌우의 기간트들이 미친 듯이 렌스를 찔러 넣었다.

'제대로 훈련받은 자들이군.'

이안은 그들의 공격에 감탄하며 더욱 집중하며 라피드를 움직였다. 좌측에서 찔러들어 오는 렌스를 발차기로 튕겨내며 해소하고 곧장 점프하며 뒤쪽의 공격마저 피해냈다.

"내 차례다!"

이안은 공중에 뜬 상태에서 밀려들어 오는 오시리스의 복부를 향해 거검을 찔러 넣었다.

―미, 미친!

―이건 말도 안 되는 짓이야!

기간트가 공중으로 점프하는 것이 불가능한 것은 아니지만 라피드처럼 10미터 가까이 뛰어오르는 것은 불가능에 가까웠다. 그리고 그 상태에서 공격까지 한다는 것은 있을 수도 없는 일이었다. 그런데 그런 상식을 파괴하는 라피드의 움직임에 라이더들은 경악에 빠져들었다.

―정신 차려라! 조장이 당했다!

2조 조장의 오시리스의 복부를 뚫고 들어간 거검이 거칠게 뽑혀 나왔다. 파괴된 마나 코어에서 거대한 마나가 분출하고 굉음과 함께 폭발을 일으켰다.

"이크!"

이안은 마나의 폭발에 휩쓸리지 않도록 파괴된 기간트를 타고 넘어가며 원래 있던 자리로 달렸다.

'후우, 벌써 석 대가 당했군.'

좌우에서 다른 기간트들과 싸우는 2군단의 기간트 라이더 가운데 석 대가 반파되어 바닥에 쓰러져 있었다.

'별수 없지. 나중에 써먹으려고 했건만.'

이안은 독하게 마음먹고 우렁찬 외침을 토했다.

"숙여!"

이안의 외침에 전투를 진행하던 라이더들이 일제히 기간트를 바짝 낮췄다. 그리고 뒤에서 수풀로 위장하고 있던 마동포들이 일제히 포격을 가했다.

4장

죽기 살기로, 싸워보자고!

    젤러스들이 일제히 자세를 낮추며 방어 동작을 갖추자 오
시리스 라이더들은 깜짝 놀랐다. 왜 저런 동작을 취하는지 몰
랐지만 이내 무언가가 자신들을 향해서 날아든다는 것을 깨
달았다.

    콰앙! 콰드드드등!

    강력한 힘을 동반한 철환이 그대로 오시리스들의 거체를
타격했다. 강철 장갑으로 어지간한 물리력에는 끄덕도 없는
기간트의 외장갑이 그대로 뚫리며 내부까지 파괴되어 버렸
다.

―타, 탈출한다!

―당했다! 으아아아!

마나 코어를 꿰뚫은 철환에 의해서 마나의 역류가 일어나고 마법진의 붕괴는 그대로 폭발로 이어졌다. 미처 탈출하지 못한 라이더는 그대로 폭발에 휘말려 가루가 되어 죽음을 맞이해야 했다.

"마동포 재장전! 기간트 공격!"

이안의 구령이 터져 나오자 일사불란하게 움직이던 기간트들은 자신들을 공격하려던 기간트가 파괴된 것에 여유를 갖고 다른 먹이를 노렸다.

―죽어라! 이놈!

―마동포 맛이 어떠냐, 이놈들아!

라이더들은 마동포의 포격으로 다섯 대의 오시리스가 파괴되자 기세등등해져 남은 적들을 몰아쳤다.

―동료들의 복수다! 죽엇!

―같이 죽자! 으아아아!

이안을 상대하던 기간트들은 앞쪽에서 그의 검에 당한 동료들이 폭사당하는 것을 목격했다. 그 분노로 인해 극도로 흥분한 그들은 몸을 사리지 않고 이안을 잡기 위해 차지를 감행했다.

"이크! 그건 곤란하지!"

동귀어진의 수법으로 돌격해 들어오는 기간트들은 라피드를 붙잡기 위해 필사적으로 팔을 휘둘렀다. 그 돌격을 피해 유려한 라이딩을 선보이는 이안은 풍차가 휘돌 듯 거검을 휘두르며 기간트들의 팔과 다리만 잘라갔다.

"마동포 재장전 완료!"

멀리서 들려오는 마동포 재장전 완료 소리에 이안은 오러가 실린 거검을 거칠게 후려치며 뒤로 물러섰다. 이미 열 대의 기간트 중에 온전한 것은 두세 대에 불과했기에 아무런 제지도 받지 않았다.

"마동포는 대기하라! 흐압!"

마동포를 사용할 정도의 적은 남아 있지 않았다. 이미 아군의 라이더들에 의해서 파괴된 기간트까지 합쳐서 여덟 대의 기간트가 파괴된 상태였다. 남은 두 대도 곧 쓰러질 듯이 보였기에 자신에게 할당된 적만 제거하면 그만이었다.

콰콰콰콰! 콰쾅!

미친 듯이 달려가며 뛰어오른 라피드가 렌즈를 찔러 넣는 적 기간트의 공격을 뛰어넘었다. 그리고 공중에서 거검을 휘둘러 그대로 머리 부분을 갈라 버린 후에야 지면에 착지했다.

─으으… 후, 후퇴하라!

─도망가자! 으아아아!

살아남은 라이더들은 기동이 불가능해진 기간트를 버리

고 탈출을 감행했다. 막 해치를 열고 튀어나온 라이더들은 공포에 질려 바닥으로 뛰어내리려다 뭔가 이상한 낌새를 느꼈다.

쎄에에엑! 퍼걱!

뒤통수를 뚫고 눈앞으로 튀어나온 날카로운 화살촉을 본 이후 그대로 시야가 사라지며 지면으로 추락했다. 라이더들까지 모두 처리한 것을 확인한 이안은 라피드를 빙글 회전시키며 외쳤다.

"대오를 정비하라! 아직 적이 많이 남았다!"

—명!

파괴된 석 대의 젤러스를 뒤로 물리고 그 자리를 뒤에서 대기하던 기간트들이 채웠다. 다시 원 상태로 진형을 갖추자 이안은 바닥에 굴러다니는 강철 렌스를 한곳에 모았다. 그렇게 재정비를 마칠 때쯤 쥬베인 후작가의 기간트들이 다시 전진을 시작했다.

"응? 저건… 헐!"

이안은 기간트들이 전진하는 모습을 보고 절로 헐 하는 소리를 흘렸다. 어이가 없다는 말을 실감하게 하는 적들의 움직임에 나온 탄성이었다.

—준장님, 어떻게 해야 합니까?

—저건 파괴하기가 어려울 것 같습니다.

라이더들은 오시리스가 석 대씩 묶여 거대한 강철판을 앞세우고 오는 것에 황당하다는 듯이 말했다. 바퀴까지 달린 강철판을 석 대의 기간트가 천천히 밀고 나왔다. 마동포의 철환 세례에도 버틸 수 있을 정도의 두께와 무게감을 지닌 것으로 보였으니 기가 질릴 만했다.

'저 정도의 강철판이라면… 기간트 두 대는 족히 만들 수 있는 양일 터.'

어마어마한 재원을 저렇게 낭비할 수 있는 것이 부러웠다. 그러나 반대로 생각하면 저들만 제압하면 엄청난 노획물이 될 것이다.

'일단 마동포로 간을 보는 것이 낫겠군.'

이안은 뒤쪽으로 신형을 틀어 마동포 사수들을 향해 외쳤다.

"십자 화망을 구성하여 포격하라! 가운데의 적에게 집중하도록!"

"십자 화망을 구성하라!"

마동포 사수들은 이안이 지목한 오시리스들이 밀고 오는 강철판을 향해서 각도를 조정했다.

"1번, 포격 준비 완료!"

"2번, 포격……!"

차례차례 준비가 끝났음을 알리자 이안이 우렁찬 외침을

토했다.

"기간트 앉아! 마동포 포격!"

"마동포를 발사하라!"

후웅! 쿠쿠쿠쿠쿠쿠쿠쿠쿵!

20문의 마동포가 일제히 포격을 가했다. 에어 블래스터 마법이 폭발하며 엄청난 힘으로 철환을 쏘아내고 그것들이 한곳에 집중하며 날아갔다.

—충돌 대비!

—자세를 낮춰라! 날아온다!

오시리스의 라이더들은 마동포의 포격이 이루어지자 그대로 자세를 낮추며 앞세운 강철판을 비스듬히 눕혔다.

콰앙! 콰콰콰콰콰콰콰쾅!

강렬한 굉음과 함께 강철판이 심하게 요동쳤다. 뒤에서 버티고 있는 기간트들은 그 충격을 고스란히 버텨내며 이를 악물고 이겨냈다.

"엄청나네. 간신히 철판만 부수다니. 헐!"

이안은 강철판에 직격한 철환에 의해서 강철판이 부서지는 것을 목격했다. 그러나 거의 대부분의 철환의 충격을 해소한 뒤였고, 기간트들은 거의 무사한 모습이다.

'마동포에 대한 대비책을 이미 마련해 두었던 모양이군. 저렇게 바퀴까지 달린 강철판을 앞세울 줄이야.'

먼저 마동포를 사용한 나라답게 그에 대한 대비책도 강구해 놓았을 것은 자명한 이치였다. 그러니 이런 것에 놀랄 이유는 없다고 판단했다. 다만 마동포가 제 구실을 하지 못하게 되었다는 것이 아쉬울 뿐이다.

'아니지. 강철판만 제거하면 그만인 것을!'

이안은 고리눈을 뜨고 정면을 주시했다. 엄청난 무게의 강철판을 밀고 오는 탓에 기간트들의 전진 속도는 상당히 느렸다.

'뛰어넘을 수 있다면 부수는 것은 여반장이다!'

이안은 마동포를 향해 재장전하라는 신호를 보낸 후 그대로 앞쪽으로 치고 나갔다. 낑낑거리며 밀고 올라오는 오시리스들은 이안이 달려들자 깜짝 놀라며 바짝 밀착했다. 50센치미터가 넘는 두께의 강철형의 방어력을 믿고 이안의 라피드를 막으려는 것이다.

─잘됐다. 놈을 둘러싼다!

─좋았어! 속도를 올려라!

아무리 점프가 가능한 라피드라고 해도 강철판형의 높이는 12미터가 넘었다. 그 높이를 뛰어넘을 수는 없을 거라는 판단 아래 라피드를 감싸서 잡을 작정이다.

'뛰어넘는다. 으랏!'

이안은 이를 앙다물고 라피드의 신체를 튕겨 올렸다. 고도의 집중력을 유지한 채 의념을 강하게 투사하자 수십 톤이 넘는 라피드의 거체가 공중으로 솟구쳐 올랐다.

─헉! 놈을 막앗!

─피, 피해라!

자신의 키보다 높은 높이를 뛰어넘은 라피드가 공중에서 신체를 눕힌 채 강철판형의 뒤쪽에 있는 오시리스를 노렸다.

"부숴주마! 타핫!"

바로 앞으로 지나가는 오시리스의 머리통을 갈라 버린 이안은 내려서기 무섭게 라피드의 신체를 회전시키며 남은 두 대의 오시리스의 다리를 가로 베기로 후려쳤다.

쿵! 쿠쿵! 콰아앙!

오시리스의 거체가 바닥으로 쓰러져 내리고 그것들이 지탱하고 있던 강철판형이 중심을 잃고 기간트들을 덮쳤다.

─두, 둘러싸라!

─밀어라! 밀어!

기간트들이 기를 쓰고 강철판형을 돌리며 이안이 타고 있는 라피드를 막기 위해 필사적이다. 오러가 실린 거검의 공격은 기간틱 오러를 사용하지 못하는 그들에게는 재앙에 가까웠다. 막을 수 있는 강철판으로 둘러 버리는 것만이 자신들이 살길이라 여긴 것이다.

"크크크! 나만 잡으면 끝나는 것이 아니지!"

이안은 준비된 신호를 보낸 후 역으로 적진 방향을 향해 밀고 들어갔다. 강철판형이 완벽하게 가로막기 전에 미리 선수쳐서 적들의 뒤로 돌아간 것이다.

슈융! 쎄쎄쎄쎄쎄엑!

라피드가 적들의 뒤로 돌아가자 곧바로 굉음이 대기를 찢어발기며 다가왔다. 라이더들은 이안을 잡기 위해 기간트를 뒤로 돌렸다가 고스란히 그 굉음을 낸 철환에 두들겨 맞아야 했다.

─크악! 타, 탈출한다!

─아뿔싸! 당했다.

강철판으로 방패 삼아 밀고 나가던 것이 이안에 의해서 저지되고 곧바로 마동포의 먹이로 전락한 기간트들이 파괴되어 쓰러졌다. 그러자 대번에 진형이 어지러워지고 강철판은 쓰러진 기간트들에 의해서 움직이지 못하는 상황이 만들어졌다.

'최대한 파괴하고 돌아간다.'

이안은 독하게 마음먹고 미친 듯이 기간트 사이를 누볐다. 사방에서 휘두르고 찌르기 공격으로 자신을 막으려 했지만 아슬아슬하게 피해내며 톡톡 건드리는 식으로 기간트들의 다리만 노렸다.

'어차피 기동하지 못하는 기간트는 고철 동상에 불과한 것!'

좁은 지형을 부서진 기간트들이 자리를 차지하면 결국 유리해지는 것은 자신들이다. 그것을 노리고 파괴보다는 다리를 봉쇄하는 쪽으로 가닥을 잡았다.

─퇴각하라! 퇴각!

─으으! 괴물이다! 도망쳐!

한 번에 40여 대의 기간트가 강철판형을 밀고 올라왔다가 이안에 의해 10여 대가 파괴되고 말았다. 거기다 기간트를 돌려서 이안을 잡으려고 시도하다 부서진 기간트까지 절반에 가까운 기간트를 잃고 퇴각을 선택했다.

"와아아아! 놈들이 도망간다!"

"으하하하! 꼴좋다, 이놈들아!"

부서진 기간트로 인해서 장벽이 쌓아진 것처럼 변해 버린 탓에 쥬베인 후작가의 병력은 이동할 공간이 부족했다. 거기에 기간트 마스터인 이안의 존재가 넘사벽으로 그들을 짓눌렀다.

"자작님, 어떻게 하시겠습니까?"

"으득! 나와 조장들만 나선다. 우리가 시간을 버는 동안 부서진 것들을 치워라. 그리고 우리가 싸우는 곳을 우회하여 적진을 공략하도록. 알겠나?"

"명!"

이안이 라이딩 마스터라는 것에 놀랐지만 자신의 기간트는 나이트급 기간트인 자르딘이다. 쿼드코어의 2.6에 달하는 출력을 지닌 기간트로 능히 대적할 수 있다는 자신감이 있었다. 거기다 조장급의 라이더들이 보조를 해준다면 이기는 것도 가능할 거라 믿었다.

"출전한다! 조장들만 나를 따르라!"

최상급 라이더인 티그논 자작이 선두에 서고 그의 전용 기간트인 자르딘이 15미터에 달하는 거체의 위용을 뽐내며 이동했다.

―아무리 대단해도 나이트급 기간트인 자르딘이 이기겠지?

―힘의 차이가 있으니 가능할지도.

뒤에 남은 라이더들은 제발 티그논 자작이 이겨내기를 바랐다. 그가 이겨내지 못한다면 이번 싸움은 해보나마나 한 싸움이 될 것이기 때문이다.

―속도를 올려라! 바로 공격을 가한다!

―명!

자르딘이 속도를 올리자 그에 보조를 맞춰 남은 라이더 조장들의 오시리스들이 맹렬히 달려 나갔다. 다시 20여 대의 기간트가 전속력으로 달려오는 것에 이안은 라피드를 회전시키며 두 발을 넓게 버티고 섰다.

"마동포대 자유 포격을 가하라! 발포!"

"발포하라! 발포!"

후웅! 슈슈슈슈슈슈슈슈슝!

이안의 명령이 떨어지자 조금 낮은 곳에서 치고 올라오는 자르딘과 오시리스들을 향해 마동포의 포격이 시작됐다. 우레와 같은 포격 음과 함께 검은 철환이 대기를 가르며 날아가고 다시 이안과 그들의 싸움이 시작됐다.

—섣불리 달려들지 마라! 견제에 충실하도록!

자르딘 자작은 자신들이 이안의 라피드를 붙잡고 있는 사이 다른 기간트들이 적을 모두 정리하는 것이 최선이라 판단했다. 젤러스는 이제 17기가 남아 있으니 남은 50여 기의 오시리스라면 충분히 제압 가능했다.

—나는 자르딘의 라이더이자 로크 제국의 자작인 티그논이다! 내가 상대해 주마!

강력한 힘을 동반한 쾌속 질주로 달려온 티그논 자작이 라피드의 앞에 서며 외쳤다. 그를 시작으로 조장급의 라이더들이 탑승한 기간트들이 포위하듯이 반원을 그리며 대오를 갖췄다.

—포위하라!

티그논의 명령에 일사불란하게 움직이는 오시리스 두 대가 하나의 팀을 이루며 일정 거리를 두고 막아섰다.

'역시 나이트급이라는 건가?'

티그논이 몰고 있는 기체는 나이트급 중에서 최하위 출력을 지녔어도 풍기는 위압감이 남달랐다. 다른 기간트보다 2미터 정도 크기가 큰 것도 그렇지만 파워가 다르기에 강철 방패와 렌스도 배는 크고 무거운 것을 사용했다.

'속도가 장난 아니네.'

워리어급의 기간트에 비해서 1.3배 정도의 속도가 나오는 것 같았다. 거기에 라이더의 동화율이 높은지 움직임도 실제 인간이 움직이는 듯한 착각을 불러일으킬 정도이다.

'최상급에 준하는 실력자라는 건가? 대단하군.'

이안은 티그논 자작이 앞에서 방패를 앞세운 채 접근하자 서서히 자세를 낮추고 싸울 준비를 갖췄다.

쉬릿! 바아앙!

방패로 상단 막기를 하며 강철 렌스를 휘둘러 다리를 공격해 왔다. 그와 동시에 사방에서 견제하던 몇 대의 기간트가 움직이며 배후를 압박했다.

"제법이군."

왼쪽 다리를 노리고 날아드는 티그논 자작의 강철 렌스를 뛰어넘으며 사선으로 치고 나갔다. 뒤쪽에서 접근하는 공격에 노출되는 것을 피하기 위함이다.

─어딜!

이안이 쇄도해 들어가는 방향에서 렌즈를 찌르며 움직임을 봉쇄하기 위해 라이더들이 사력을 다했다.

'너희가 타깃은 아니지.'

이안은 착지하자마자 다시 라피드를 움직여 황망하게 뒤를 쫓아 들어오는 자들을 향해 반대로 다시 움직였다.

─어딜 도망가는가!

티그논 자작의 자르딘이 번개처럼 움직이며 이안의 옆으로 쇄도해 들어왔다. 거대한 방패가 휘둘러지며 묵직한 자르딘의 몸체를 무기 삼아 육탄 돌격을 감행했다.

'속도를 더 올려!'

이안은 자르딘의 움직임이 상상 이상으로 빠르게 파고들자 위기의식을 느꼈다. 이제껏 저 정도로 스피드를 내서 공격해 오는 기간트를 접해보지 못했기에 느끼는 것이다.

'더 집중해야 한다. 까딱 잘못하면 당하고 만다.'

의념을 강하게 불어넣자 라피드는 한계치까지 치달은 동화율에 힘입어 더욱 빠르고 강하게 움직여 줬다.

'왼쪽 찌르기! 오른쪽 후리기!'

이안은 자신의 본능적인 감각이 전해오는 정보를 강하게 되뇌며 그에 맞는 움직임으로 피해나갔다. 그러면서 가장 기

본적인 찌르기와 베기로 적의 공격을 흘리거나 쳐내며 최소
한의 공격으로 무력화시키는 싸움을 이어나갔다.

─쥐새끼 같은 놈! 크아아아!

자르딘의 속도보다 살짝 빠르게 움직이는 것과 기묘한 스
텝으로 공격을 빠져나가는 라피드에 분노를 터뜨리며 더욱
거칠게 라이딩을 했다. 그 때문에 그의 주변에서 헬퍼 역할을
하던 기간트들은 조금씩 좌우로 공간을 넓혀야 했다.

'틈이 열리는군.'

좌충우돌하며 좌우에서 견제하는 적들의 움직임에 맞추느
라 진땀을 뺐다. 그런데 이렇게 틈이 벌어지게 되자 오히려
여유가 생겨났다. 간신히 한 대씩 툭툭 치는 식으로 싸우던
것에서 조금은 크게 동작을 가져가도 무방할 정도가 된 것이
다.

'그렇다면 거하게 반격을 해줘야지.'

이안은 강렬한 기운을 응축하다가 좌측으로 라피드를 폭
사시켰다. 이안을 잡기 위해 밀었다가 물러서기를 반복하던
적들은 이안이 대놓고 치고 나오자 밀고 나오려다 급히 뒤로
물러섰다.

"타핫!"

물러서는 기간트들 덕에 공간이 더욱 크게 만들어지자 더
욱 가속도를 붙인 라피드가 거검을 사선으로 베어내며 한 기

의 오시리스를 파괴했다. 강철 렌스를 들어 방어에 나섰지만 오러가 흉포한 기세로 렌스를 가르며 몸체까지 갈라 버렸다.

―3조장이 당했다! 공격해! 공격하라고!

파괴된 기간트의 옆에서 물러서기에 바쁘던 라이더는 동료가 당하자 반격할 엄두를 내지 못하고 다른 이들에게 공격하라고 소리쳤다. 흉포하기까지 한 라피드의 거검에서 흘러나오는 오러가 금방이라도 자신을 향해서 쏟아질 것 같은 공포에 질린 것이다.

―좌우를 더 조여! 놈이 빠져나가지 못하게 막으란 말이야! 어서 움직여!

티그논 자작은 한 기의 오시리스가 파괴되고 그 사이를 뚫고 나가려고 하는 이안을 잡으라고 소리쳤다. 그의 명령이 효과를 발휘한 것인지 물러서던 부하들이 반전하며 라피드를 향해 렌스를 찔러 넣으며 공격을 가했다. 그 탓에 길이 막힌 이안은 그들의 공격을 해소하기 위해 풍차처럼 거검을 회전시키며 렌스들을 후려쳤다.

카앙! 까아아아앙!

오러가 실린 거검에 충돌하는 강철 렌스에는 푸르스름한 마나가 둘러져 있었다. 그 때문인지 오러에 의해 단번에 베어지지 않고 튕겨지며 거칠게 반대로 돌아갔다.

'허점!'

기간트의 거체가 반 바퀴 돌아가자 옆구리가 훤히 보였고, 이안은 그대로 보디체크를 해버렸다. 검으로는 다른 적들의 공격을 해소해야 하기에 그것이 최선의 공격이었다.

─크흑! 마, 마나가… 으아아아!

마나 코어에 강력한 충격이 가해지자 흐름이 역류하며 조종석으로 몰려들었다. 그 마나에 당한 라이더는 감당하기 어려운 마나에 의해 내부가 고스란히 망가졌다.

─흐흐, 지금까지 이걸 기다렸다, 이놈!

자르딘은 이안의 뒤를 맹렬히 추격하는 것에 시간을 거의 소모하고 있었다. 좌충우돌하며 패턴을 무시한 공격과 수비를 하는 이안을 잡지 못해서 그런 것이다.

'잡았다!'

자르딘의 거대한 강철 렌스가 막 한 기의 오시리스를 보디체크로 무너뜨리고 거체를 일으키는 라피드의 등판을 향해 쏟아져 나갔다.

좌우에서 거리를 좁히며 달려드는 다른 기간트들로 인해서 움직일 수 있는 공간은 오직 렌스가 나아가는 방향밖에는 없었다.

쒜에에에에엑!

강렬한 기세를 흘리며 날아가는 강철 렌스는 맹렬하게 회전하며 더욱 속도를 올렸다.

'위험!'

이안은 본능적으로 등 뒤에서 날아오는 강철 렌스를 느꼈다. 피할 공간도 부족했고 이제 와서 라피드를 회전시켜 막는 것도 불가능했다.

"흐랏!"

이안은 그대로 뒤로 몸을 눕혔다. 기간트가 워낙 무거운 탓에 넘어지면 다시 일어나는 것에 무척 시간이 걸리기에 절대 넘어지지 않아야 했다. 하지만 그것 외에는 방법이 없는 탓에 무작정 뒤로 눕히며 죽기 살기로 모든 기운을 쏟아냈다.

'거, 걸렸다!'

이안은 라피드를 눕히며 두 팔을 뻗어 거검을 렌스가 날아오는 방향으로 뻗었다. 그리고 검 끝에 날아오는 렌스가 걸리는 순간 모든 의념을 집중하여 그 렌스를 검으로 잡아챘다.

휘잉! 바바바바바방!

마나와 오러가 충돌하며 생겨나는 반탄력을 기묘한 움직임으로 해소하며 렌스를 공중에서 휘돌렸다. 그러자 다가오던 적의 기간트들이 급속히 멈추었다.

"가랏!"

빙글빙글 휘돌던 렌스가 최후까지 접근하는 기간트를 향해 쏘아져 나갔다. 자르딘의 마나까지 실린 렌스에는 이안이 덧씌운 오러도 함께 더해져서 폭발적인 기세를 흩뿌리며 날아갔다.

―아악! 사, 살려줘!

공포에 질린 라이더의 살려달라는 외침을 무색하게 만드는 렌스의 습격에 기간트가 반으로 쪼개지고 부서져 내렸다.

―덮쳐라! 놈이 넘어진다!

―죽어라! 죽어!

무기를 잃은 자르딘을 그대로 돌진시키며 라피드를 잡기 위해 티그논 자작은 필사적이었다. 이미 등판으로부터 떨어져 내리는 이안의 라피드는 잡기만 하면 끝장일 것이다.

"흐압!"

이안은 넘어지는 라피드의 거체를 들어 왼팔로 버텼다. 그리고 발을 빠르게 휘저어 아크로바틱한 동작을 보이며 거검으로 원을 그려냈다. 줄기줄기 피어오른 오러가 채찍처럼 휘둘러지며 접근하는 적들의 다리를 베어나갔다.

―이런… 무, 물러서라!

강철 렌스의 공격 범위보다 더 긴 오러로 인해 달려들던 기간트들은 도로 뒤로 물러서야 했다. 주춤거리며 뒤로 적들이 물러서는 사이 이안의 라피드는 균형을 잡으며 거체를 일으켰다. 그리고 맹목적으로 돌진하는 자르딘과 정면으로 충돌했다.

'끝장을 내주마!'

이안은 방패만 든 채 돌격해 오는 자르딘을 향해 거검을 앞세우고 역으로 치고 나갔다.

─받아라!

방패를 모로 휘두르며 라피드의 몸체를 향해 거칠게 돌진했다. 방패도 그 무게감을 생각하면 훌륭한 무기가 되어줄 것이다.

쉬익! 카앙!

강렬한 일자 베기로 위에서 아래로 내려치며 자르딘의 돌진을 막아갔다. 마나가 덧씌워진 두꺼운 강철 방패는 오러의 가격에도 버텨내며 뒤로 밀려났다. 그러나 재차 힘을 내며 라피드의 복부를 향해 보디체크를 날렸다.

'엄청 단단하네. 하지만!'

이안은 한 번의 검세로 부수지 못한 것에 이를 앙다물었다. 안 부서지면 부서질 때까지 후려치고 말겠다는 의지로 다시 거검을 휘둘렀다.

카앙! 카캉! 카아앙!

후려치고 물러서고 다시 달려드는 상황이 반복됐다. 뒤에서 달려들며 견제하려는 오시리스들이 나타나자 순간적으로 라피드의 거체를 빙글 휘돌리며 자르딘과 위치를 바꿨다. 덕분에 공격을 가하려던 오시리스 한 기가 자르딘과 충돌하며 그대로 반파되어 날려가 버렸다.

'싸우는 것이 한 기 줄 때마다 배는 더 편해지는군.'

이제 남은 것은 11기의 기간트와 자르딘뿐이다. 아홉 대의 조장급 라이더들이 모는 기간트를 부순 이안은 멀리서 싸우고 있는 부하들의 상황에 입술을 지그시 깨물었다.

'조금만 버텨라. 조금만. 으득!'

50여 기의 오시리스가 우회하여 본진으로 돌진했고, 그것을 막기 위해 필사적으로 싸우는 17기의 젤러스는 눈물겨운 분전을 하고 있었다. 그때 절반에 가까운 젤러스가 파괴되며 쓰러지는 것이 눈에 들어왔다.

'어떻게 하든 초단기간에 끝내야 한다. 아니면… 본진이 당한다.'

위기감이 새롭게 끓어오르며 이안의 전신으로 마나가 급격하게 휘돌았다. 흥분으로 더욱 증가하는 마나의 양에 이안은 라피드를 조종하는 속도도 덩달아 끌어올렸다.

'조금은… 피해를 감수한다.'

라피드는 마수의 가죽과 근육으로 이루어진 탓에 한번 망가지면 어떻게 복구할 수 있을지 의문이었다. 그래서 최대한 조심해서 라이딩을 했는데 부하들의 죽음을 보고도 몸을 사릴 수는 없었다. 이안은 전에 없이 과격하고 저돌적인 돌파와 공격을 펼쳤다.

—피, 피해라!

—헉! 타, 탈출한다!

휘둘러지는 강철 렌스를 팔로 막으며 그대로 거검을 찔러넣었다. 쾅 소리가 날 정도로 강력한 타격을 받았지만 그대로이겨내고 공격을 가하는 것에 라이더들은 겁을 집어먹었다.

—어떻게 무사할 수 있는 거지?

—저건 말도 안 돼! 사기라고!

강철 렌스를 풀 파워로 휘두르면 아무리 기간트의 장갑이단단하다고 해도 우그러지는 것 정도는 피할 수 없었다. 그런데 이안의 라피드는 팔로 렌스의 거센 타격을 버텨내며 역으로 공격까지 가했다. 그리고 풀 파워로 도로 튀어나가는 것에공포가 그들을 휘감아 버렸다.

'놈들이 물러선다?'

거칠게 날뛰자 오시리스 라이더들이 뒤로 주춤거리며 물러섰다. 공포가 확산되고 그 공포에 집어삼켜진 이들이 자신도 모르게 물러선 것이다.

'지금이 기회다!'

아무런 제지도 받지 않고 자르딘을 파괴할 수 있는 기회였다. 이안은 필사의 의지를 다지며 자르딘의 방패 돌진을 향해라피드를 몰아갔다.

'버텨줘라, 라피드!'

방패에 실린 마나가 진하게 빛을 발하고 그것을 향해 역으로 치고 들어가는 이안은 본능적으로 잰 거리에 도달하자 라피드의 거체를 튕겨 올렸다.

—뭐, 뭐야!

갑자기 시야에서 사라져 버리는 라피드로 인해서 경악성을 터뜨렸다. 그러나 이미 달려가는 속도가 있었기에 멈춰 서지 못하고 그대로 밀고 나갈 수밖에 없었다.

"죽어랏!"

이안은 공중으로 뛰어올라 자르딘의 머리 위로 뛰어넘었다. 공중에서 회전하며 라피드를 뒤집은 그는 짧은 순간에 거검으로 자르딘의 머리통을 찍었다.

콰직! 콰드드드등!

거칠게 파고들어 가는 거검은 그대로 머리통을 반으로 갈랐다. 그리고 그대로 떨어져 내리는 힘을 이용하여 몸체까지 가른 연후에야 지면과 거칠게 충돌했다.

'크으! 충격이 만만치 않네.'

아무리 가죽과 근육이 둘러져 있다고 해도 라피드의 몸체를 이루는 것은 쥘베른의 강철이 뼈대였다. 근육이 충격을 덜어준다고 해도 그 압도적인 무게로 인해 받는 충격은 장난이 아니었다.

'힘을 내라, 라피드!'

이안은 의념을 강하게 발휘하며 라피드를 뒤집었다. 충격으로 조금 흔들리던 라피드는 이내 평형을 유지하며 몸을 일으켰다.

"어딜 도망가느냐?!"

자르딘으로부터 빠져나온 티그논 자작이 낭패한 모습으로 도주하려 했다. 이안은 그런 티그논을 그대로 달려가며 걷어차 버렸다.

"크아아아악!"

비명을 거세게 내지르며 날아가는 티그논 자작은 걷어차인 순간, 온몸이 박살 난 채 죽음을 맞이해야 했다. 온몸의 뼈마디가 가루가 될 정도의 타격을 받았으니 살아남을 수는 없을 것이다.

―으으…….

―자작님이 당했다!

조장은 이제 9기만이 남은 상태였다. 그런 상황에서 티그논 자작마저 죽음을 당하니 전의가 꺾이고 말았다. 자신들의 능력으로 저 괴물 같은 라피드를 잡을 수 없다고 판단한 것이다.

―도망가라!

―퇴각! 퇴각하라!

살아남은 자들은 자신들만이라도 살아남는 것이 최선이라 여겼다. 누구라고 할 것도 없이 퇴각을 외치며 전열에서 이탈해 갔다. 저 멀리서 이안의 부하들과 싸우고 있는 자신들의 부하들은 신경 쓸 여유조차 없었다.

5장

군량을 탈취해야겠어

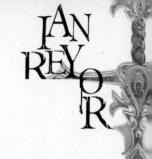

조장들이 모는 오시리스가 도망가는 것을 그대로 둔 채 이안은 부서지고 있는 부하들을 구하기 위해 움직였다. 적을 죽이기 위해 부하들을 잃을 수는 없었다.

"가랏! 흐압!"

이안은 적 라이더들이 버리고 간 오시리스의 기간틱 렌스를 집어 들고 그대로 던졌다. 40기가 넘는 적 기간트가 일렬로 늘어선 채 아군을 공격하고 있어서 어디다 던져도 누군가는 맞을 상황이었다.

쎄에에에엑! 콰직!

—커헉!

—7호가 당했다! 누구냐?!

—11호도 당했다. 탈출한다!

급박한 목소리로 무전을 하는 라이더들이 늘어났다. 그러자 상황 파악에 나선 오시리스 라이더들은 뒤에서 벌어지고 있던 싸움이 끝난 것을 알 수 있었다.

—이, 이럴 수가!

—티그논 자작님이 당했다!

—괴, 괴물이 다가온다. 으으…….

티그논 자작이 몰던 나이트급 기간트인 자르딘이 파괴된 채로 쓰러져 있고, 그 주위에 오시리스 10여 기가 박살이 나 있었다. 그것을 뒤로한 채 다가오는 이안의 라피드는 강철 렌스를 우악스럽게 집어 던지며 자신들을 공격하고 있었다.

"내가 왔다! 모두 힘내서 버텨라!"

이안은 남아 있는 부하들을 독려하며 이를 악물고 뛰었다. 점점 거리가 좁혀지자 적 기간트들은 우왕좌왕하며 이안을 막기 위해 움직였다.

쉬잇! 콰직! 콰드드득!

유려하게 스텝을 밟으며 사선으로 베고 반원을 그리며 적 기간트의 허리를 횡으로 가격했다. 그리고 몸을 일으켜 어깨치기로 적을 날려 버리며 일직선으로 쓸고 나갔다.

―준장님이 오셨다! 모두 힘을 내라!

―버텨라! 버티면 산다!

―우와! 으아아아!

기합을 내지르며 살아남기 위해 필사적인 라이더들은 더욱 밀착하며 오시리스들의 공격을 몸으로 버텨냈다.

"재장전! 재장전하라! 아군을 도와야 한다!"

"1번 포 재장전 완료!"

"3번 포도 완료했수!"

마동포는 철환을 앞쪽에서 밀어 넣고 그것을 또 쑤셔 넣는 작업을 해야 하기에 재장전에 시간이 걸렸다. 한 기씩 젤러스들이 파괴될 때마다 마동포 포수들은 분통을 터뜨리며 발을 동동 굴러야 했다. 자신들이 조금만 더 빠르게 장전해 쏘았더라면 살릴 수 있었을 거라는 자책으로 눈물을 흘리는 자들까지 나왔다.

"오른쪽 세 번째 놈을 노린다. 마동포 가동!"

포수는 포신을 자신이 노리는 적을 향해 겨냥하며 마나를 주입했다. 타깃을 확인하는 작업이 끝나자 마법진의 마법이 발동되는 것을 확인했다.

"1호 마법진 확인… 2호 마법진… 5호 확인. 마동포 발포!"

후웅! 콰아아아아아앙!

다섯 개의 에어 블래스터 마법이 한꺼번에 폭발하며 철환을 그대로 밀어냈다. 강력한 힘에 의해 쏘아진 철환은 그대로 겨냥된 타깃을 향해 쏜살처럼 나아갔다.

콰앙! 콰지지지직!

등판에 그대로 작렬한 철환은 오시리스의 강철 장갑을 파괴하며 거체를 그대로 뚫어버렸다.

―크윽! 당했다……. 탈출을… 으아아아!

마나 코어가 역류하며 폭발을 일으키고, 탈출하려던 라이더는 비명을 내지르며 죽어갔다.

"다시 장전해! 아군을 구해야 한다고!"

포수들이 격정 어린 외침을 토하며 병사들을 재촉했다. 마나집적진에 다시 마나가 차려면 시간이 걸리지만 그것은 안중에도 없이 다시 쏘겠다는 일념으로 외쳐댈 뿐이었다.

―8호 피해!

아군 라이더의 기체를 향해 오시리스들의 강철 렌스가 쏟아졌다. 옆에서 방어에 전념하던 동료는 8호 라이더를 구하기 위해 소리를 치며 비스듬히 치고 들어갔다. 강철 렌스가 밀려드는 것을 비스듬히 막으며 몸으로 때우는 그의 기체가 균형을 잃고 쓰러졌다.

―죽어랏!

콰직! 콰지직!

젤러스의 라이더는 미친 듯이 굴러 위에서 떨어져 내리는 공격을 어느 정도 피했지만 미처 다 피하지 못하여 왼쪽 상박이 걸레처럼 찢겨져 나갔다.

─내가 돕는다! 물러나!

당할 뻔한 8호기의 라이더는 자신을 대신해서 반파된 젤러스를 구하기 위해 거친 공격을 후려치며 쓰러진 동료를 막아섰다. 그렇게 가까스로 완파될 위기를 넘긴 동료는 무릎걸음으로 전열에서 이탈했다.

─눈물겨운 분투다만… 부숴주마!

─죽어라, 이놈!

좌우에서 치고 들어오면 강렬한 공격을 가하는 오시리스들의 돌격에 최대한 방어 모드로 돌입했지만 이미 동떨어져 나온 탓에 파괴되는 것은 피할 수 없었다.

쎄엑! 쎄에에에엑!

파괴될 것을 각오하고 마지막 한 놈이라도 같이 죽고자 동귀어진의 수법으로 파고들어 가던 라이더는 급히 뒤로 물러나야 했다.

─크으! 엄청나네.

뒤에서 날아온 강철 렌스가 막 자신의 기체에 렌스를 찔러 넣으려고 하던 오시리스의 등판을 꿰뚫고 앞까지 튀어나온 것이다. 두 기의 오시리스를 그렇게 파괴한 이안 덕분에 살아남은 라이더는 급히 뒤로 물러나며 방어 대형에 도로 합류할 수 있었다.

―으하하하! 우리가 왔다! 모두 힘을 내라!

―2군단 형제들이여, 우리가 왔노라!

죽음으로 분전하던 7기의 젤러스 라이더들은 갑자기 뒤에서 터져 나오는 거센 함성에 눈을 치떴다. 1지점을 막는 임무를 부여받은 20기의 젤러스가 도착한 것이다. 전투가 벌어진지 3시간이 넘게 흘렀지만 저들이 도착하기에는 너무 이른 시간이었다.

―크크크! 고속 기동을 하느라 힘들겠지만 동료들을 구해야 한다. 2군단 돌격!

―우와아아아아아아!

함성을 토해내며 20기의 새로운 젤러스들이 전장에 투입되자 대번에 전세가 뒤집어져 버렸다. 뒤쪽에서는 강철 렌스를 날리며 원샷 원킬을 선보이고 있는 이안의 라피드가 있었고, 앞에는 동수에 가까운 기간트들이 막아섰다. 우왕좌왕하며 어쩔 줄 몰라 하는 오시리스 라이더들의 귀에 이안의 일갈이 들려왔다.

"모두 죽여주마, 로크의 개들아!"

광량한 마나가 대기를 뒤흔들며 이안의 라피드가 무서운스피드로 치달려왔다. 나이트급 기간트인 자르딘의 속도를 보아온 그들로서도 믿기 힘든 고속 기동이었다.

쉬잇! 서걱! 콰드드등!

좌우로 미친 듯이 휘둘러지는 라피드의 거검에 막으려고 내민 강철 렌즈까지 한꺼번에 잘리며 기간트가 반으로 쪼개졌다. 그렇게 순식간에 두 기의 기간트를 부순 이안이 재차 다른 기간트를 노리고 달려들자 라이더들은 패닉에 빠져들었다.

―으, 퇴, 퇴각을…….

―어, 어디로 가야 하는 거냐! 어디로!

앞에는 젤러스들이 막고 있고 뒤에는 성난 사자처럼 양 떼를 유린하는 이안의 라피드가 있었다. 어디로 도망갈 것인지 길을 찾지 못하는 그들은 공포에 질려갔다.

"항복하라! 항복하는 자는 죽이지 않는다!"

이안은 20기가 채 남지 않은 오시리스를 보고 외쳤다. 이제 전세는 완전히 역전되어 싸울 엄두를 내지 못할 것이니 이 정도에서 그치는 것이 낫다고 판단한 것이다.

―하, 항복하겠소.

―항복합니다, 항복!

라이더들은 속속 탑승한 기간트에서 탑승 해제를 하며 투항했다. 처음 한 명이 항복을 외치자 전염병처럼 퍼진 공포가 그것을 가속화시켰다.

'후우, 다행이라고 해야 하나?'

13기의 젤러스를 잃었지만 22기의 오시리스를 노획한 싸움이었다. 반파되거나 파괴된 기간트를 회수한다면 또 엄청난 숫자의 샤베른을 만들어낼 수 있는 자원이 될 것이다.

철컹! 쿠웅! 철컹! 쿠웅!

기간트들이 움직이며 내는 박력 넘치는 굉음이 독립여단 주둔지의 북쪽 능선에서 규칙적으로 들려왔다.

"저하, 레이너 준장이 돌아옵니다!"

맥컬리는 별동대를 이끌고 북쪽 능선에 2차 저지선을 구성하고 있다가 승전 소식을 제일 먼저 들었다. 그것을 아레스 왕자에게 알리자 그가 직접 이안을 맞이하기 위해 주둔지 바깥까지 나와서 기다렸다.

"오오! 어서 보고 싶구려. 위대한 승전을 한 주인공을 말이오."

아레스 왕자는 이안이 거둔 대승에 격동하고 있었다. 답답하던 가슴이 뻥 뚫릴 정도로 위대한 승리였고, 미래에 대한 희망을 볼 수 있게 된 승부였다.

"부대 차렷!"

맥컬리는 이안의 라피드가 선두에 서서 들어오자 군호를 외쳤다. 그러자 도열하고 있는 독립여단의 병사들과 2군단의 장교들이 부동자세를 취하며 이안을 맞이했다.

쿠웅! 쿠쿵!

라피드가 완전히 기동을 멈추고 정지하자 곧 가슴 어림에서 붉은 마나가 일렁이며 이안이 모습을 드러냈다.

"충! 왕자님을 뵙니다."

이안이 무릎을 굽히며 군례를 취하자 아레스 왕자는 직접 이안의 손을 잡아 일으키며 말했다.

"고맙소. 장군이 나에게 희망을 보여주었소."

정신이 나가 버린 락토르 국왕을 대신하여 모든 업무를 대신하는 아레스 왕자는 이제는 국왕 대행으로서의 태가 나고 있었다.

"감사합니다, 저하!"

"이제 적의 기간트 부대는 모두 물리친 것이오?"

"도주한 적들이 있지만 바로 추격할 생각입니다. 로크 제국의 영역으로 넘어가기 전에 잡아야 하니까요."

"그렇구려. 고생이 많소."

딴에는 근엄하게 말투도 고쳐서 이야기하는 아레스 왕자의 노력에 이안은 빙긋이 미소 지었다. 예전에 자신의 충성을 시험하던 그 애송이가 많이 컸다는 느낌이 든 것이다.

"이실리스 후작님의 도움이 필요합니다."

"내 도움이 말인가?"

아레스 왕자의 뒤에서 마중을 나온 이실리스 후작은 마음은 콩밭에 가 있었다. 이안이 개방을 하지는 않았지만 아레스의 던전에 대해서 어느 정도 눈치를 채고 있던 그는 비공정의 연구 기회를 호시탐탐 노렸다. 그러니 비공정이 정박하고 있던 아레스의 던전에 대해 파악해 낼 것이다.

"오시리스 22기를 노획했습니다. 저기 잡혀오는 자들이 라이더인데 그들에게서 인증 아티팩트를 수거해 놨습니다."

"오오! 오시리스 22기라니⋯ 정말 대단한 전과요. 허허허!"

이실리스 후작은 로크 제국의 범용 워리어급 기간트인 오시리스 22기를 노획했다는 말에 반색했다. 젤러스는 오시리스의 마나 코어 이전 단계의 마법진을 연구하여 만들어낸 락토르의 기간트였다. 그러니 지금의 오시리스 마나 코어를 연구하면 한 단계 업그레이드된 마나 코어를 개발할 수 있을 것이다.

"인증 취소를 해주십시오. 기체를 잃은 라이더들에게 나눠 줄 생각입니다."

"알겠네. 내게 맡겨두게."

이실리스 후작은 반드시 인증 취소 마법을 알아내고 말겠다는 각오를 다지며 이안에게서 아티팩트를 넘겨받았다.

"레이너 장군!"

"말씀하십시오."

"흠흠! 미안한 말이지만 근위기사단에도 기간트가 없는 라이더들이 있소. 그들에게도 기간트를 줄 수 있겠소?"

"으음, 그렇게 하시죠."

아마도 불안한 것이리라. 기간트 전력이 근위기사들에게 있다면 자신의 안전을 최소한으로 보장받을 수 있을 것이라 여긴 것이다.

"고맙소. 역시 내가 믿을 것은 장군뿐이오. 하하하!"

아레스 왕자가 기쁨을 토로하며 이안의 손을 덥석 잡았다. 그 모습을 보는 독립여단 소속의 병사들은 환하게 미소 지으며 자신들이 모시는 사람을 우러러보았다.

"하아, 이제 어떻게 해야 할지 모르겠습니다."

"그러게 말이야. 제길."

"최고 선임은 남작님이니 결정을 내려주십시오."

"그렇습니다. 남작님의 결정에 따르겠습니다."

산악 레인저들은 기간트의 싸움이 벌어졌을 때 초반에는 구경하다가 전세가 기울기 시작하자 일제히 퇴각했다. 상대가 되지 않는 싸움을 지켜보다 같이 죽고 싶지는 않았던 것이다. 덕분에 전력을 모두 보존했고, 도망친 조장급 기간트 라이더들과 합류하여 산악 깊숙한 곳에서 휴식을 취하고 있었다.

"아무래도… 퇴각하는 것이 낫지 않겠나?"

무어 남작은 남아 있는 10기의 오시리스가 석상처럼 서 있는 것을 보며 나직하게 이야기했다. 저 전력으로는 기습을 가한다고 해도 승산이 없으니 본국으로 돌아가는 것을 택한 것이다.

"본대와 합류하는 것이 아니고 말입니까?"

"하아, 생각을 해보게. 본대에 지금 기간트 전력이 남아 있는가?"

"그건… 그렇군요."

본대에는 기간트 전력이 남아 있지 않았다. 귀족들이 허세를 부리기 위해 가지고 있는 기간트가 몇 대 있겠지만 그것은 말 그대로 허세용 기간트에 불과했다. 그런 전력으로 정면충돌하면 결과는 안 봐도 훤히 나왔다. 압살이라는 말이 무색할 정도의 타격을 받을 뿐이다.

"그렇다면 지금이라도 연락을 취해서 본대가 움직이는 것을 막아야 하지 않습니까?"

"끄응, 이미 전령을 보냈네. 기간트 전력이 괴멸됐으니 보충하기 전에는 진군을 멈춰야 한다고 말이야."

"전령을 말씀이십니까? 마법사는 뭐 하고……."

"이런, 이런!"

무어 남작은 반문하는 라이더에게 혀를 차며 고개를 가로저었다. 그러자 말을 멈춘 라이더는 영문을 모르겠다는 표정으로 무어 남작의 말을 기다렸다.

"만약 마법 통신으로 연락을 하면 어떻게 될 거라 생각하나? 쥬베인 후작 각하의 성정을 감안해서 대답하게."

"그거야… 죽을 때까지 싸워야겠군요."

"맞아. 개죽음을 당할 수는 없잖은가. 그래서 전령을 보낸 게야. 후퇴하고 난 다음에는 명령이 내려와도 본대와 합류하는 것일 테니까 말이야."

무어 남작의 말에 라이더는 그의 현명함에 박수라도 치고 싶었다. 그 괴물과 같은 이안의 라피드와는 다시 싸우라고 등을 떠밀어도 절대 나가지 않겠다는 생각만 들 뿐이었으니 말이다.

"에고, 이제 쉴 만큼 쉬었으니 다시 돌아가도록 하지."

"그러시죠."

무어 남작이 자리를 털고 일어나자 주변의 병사들부터 차례로 일어나며 다시 돌아가기 위해 굳어진 몸을 풀었다. 산악지대를 돌파해서 가는 것이라 산악 레인저인 그들에게는 그다지 어려운 일이 아니라는 것이 그나마 다행스러운 일이었다.

"기간트에 탑승하지 않고 뭐하고 서 있는가?"

무어 남작은 살아남은 라이더들이 기간트를 향해 걸어가다 우뚝 멈춰 서는 것에 탑승하지 않느냐고 물었다. 그러나 대화를 나누던 러이더들이 어버버거리며 손가락으로 자신들의 기간트를 가리켰다.

"웅? 뭔데… 헉!"

무어 남작은 석상처럼 서 있는 기간트의 머리 위로 둥실 떠 있는 비공정을 발견하곤 서서히 눈이 동그랗게 치떠졌다.

웅! 웅! 웅! 웅!

공중에 부양한 채 20여 문의 마동포를 겨냥하고 있는 비공정의 모습에 그는 할 말을 잃어버렸다.

"나, 남작님!"

"포위됐습니다. 어떻게 합니까?!"

사방에서 들려오는 음성은 다급하기 짝이 없었다. 전면이 포위되었다고 외치는 부하들 덕분에 정신을 차린 무어 남작은 사방을 빠르게 살폈다.

'지독한 살기… 어떻게 이런 일이…….'

사방에 척후를 보내 사주경계를 확실하게 하고 난 후에야 자리를 잡고 쉬었다. 그런데 이렇게 포위되도록 몰랐다는 것은 척후를 소리도 없이 제거했다는 말이다.

"빌어먹을! 이판사판이다. 기간트에 탑승해!"

"이익! 알겠습니다!"

라이더들은 이래 죽으나 저래 죽으나 마찬가지라는 심정에 기간트를 향해 달려갔다. 그들이 기간트에 탑승하기 위해 아티팩트에 마나를 주입할 때 머리 위에서 벼락처럼 떨어져 내리는 존재들이 있었다.

쉬릿! 쎄에에엑!

날카로운 검기를 두른 검으로 적군을 사정없이 베어내는 기사들의 복장은 락토르의 근위기사단이었다. 그들의 공격에 기간트의 옆으로 다가가지 못하고 뒤로 물러서는 라이더들은 빠득 소리가 날 정도로 이를 갈아붙였다.

"어, 어떻게… 젠장!"

일정 거리 이상 떨어지면 기간트로 올라타는 마법이 발현되지 않는다. 그 거리만큼 우뚝 선 채 검을 겨누고 있는 50여 명의 근위기사단과 2군단 기사들의 모습이다.

"항복하라. 저항은 무의미하다."

비공정이 서서히 내려서고 그 위에 모습을 드러낸 젊은 청년의 외침이 나직하게 울렸다. 마나가 실린 그 음성은 작지만 힘 있게 모두의 귀에 그대로 전달되었다.

"그대는 누구요?"

무어 남작은 비공정의 선수에 서서 말하는 이안에게 누구냐고 물었다. 항복을 할 때 하더라도 정체나 알자는 무어 남작의 말에 이안은 순순히 자신의 정체를 밝혔다.

"난 락토르의 백작이자 독립여단의 사령관인 이안 폰 레이너 준장이다!"

"으으, 이안 레이너… 그일 줄이야……."

무어 남작은 이안의 모습을 처음 보는 것이다. 전해 들은 말은 많았지만 저렇게 젊은 청년이 적들을 이끄는 그일 줄은 몰랐다.

'어떻게 해야 할까? 지금이라면… 저자를 죽일 수 있을까?'

산악 레인저들의 주 무기는 단궁과 함께 소형 크로스보우도 사용한다. 숲에서 은밀하게 적을 제거하는 것에 최고의 효율을 보이는 무기인 탓에 산악 레인저라면 일격필살의 사격술을 자랑한다.

'적어도 5백 발 이상의 크로스보우가 집중된다면… 마스터라도 죽는다!'

자신의 생각에 마스터라고 해도 그 정도의 화력이 집중되면 막지 못하고 죽을 것이라 확신했다. 그리고 이안을 죽일 수 있다면 설령 패전의 책임을 져야 하는 상황에서도 자신의 가족만큼은 귀족의 작위를 이어받은 채 잘살 수 있을 거라 믿었다.

'잡히면 어차피 노예 신세. 가족들 역시 그 길을 걷게 될 터!'

독한 마음이 스멀스멀 기어 올라와서 무어 남작을 최후의 방법으로 몰아갔다.

"모두 크로스보우를 들어라!"

"명!"

무어 남작의 명령에 산악 레인저 대원들을 일제히 크로스
보우를 들었다.

"끝내 죽기를 원하는가?"

이안은 무어 남작이 항전을 선택하자 고개를 가로저었다.
빠른 기동을 해야 하는 탓에 병력은 얼마 데리고 오지 못했지
만 외곽을 포위하고 있는 것은 샤베른이었다. 마동포로 무장
하고 있는 샤베른으로 철환이 아닌 마법력만 발사하는 것으
로 상정한 채 겨냥하고 있는 중이다.

"잘 생각하라! 너희를 포위하고 있는 샤베른은 마동포로
무장한 것이다. 한 번에 너희 모두를 죽일 수 있음을 명심하
도록!"

이안은 마지막 기회를 주려고 외치는 것이 아니었다. 물론
그런 의도도 있지만 무엇보다 중요한 것은 기간트들의 주위
로 내려선 기사들의 안위를 생각해서 방어할 시간을 주려는
것이었다.

'저 정도면 피할 수 있으려나? 흐음.'

기사들은 천여 명에 달하는 산악 레인저들이 크로스보우
를 꺼내 드는 것에 오히려 사방으로 넓게 퍼지며 검을 고쳐
잡았다. 이안이 생각하기에도 적들이 크로스보우로 싸움을

한다면 저렇게 각개격파하며 적들 사이로 파고드는 것이 최선이다. 물론 어느 정도는 위험을 감수해야 하지만 익스퍼트급의 기사들답게 잘해내리라 여겼다.

"쏴라! 저자를 죽이면 영웅이 된다! 발사!"

무어 남작은 마지막 발악을 하듯이 외치며 검을 뽑아 들고 이안을 향해 쇄도해 들어갔다.

"죽엇!"

"내가 잡는다!"

레인저들은 무어 남작의 명령에 악에 받친 듯이 고함을 내지르며 크로스보우를 발사했다. 수백 발의 쿼렐이 이안에게 집중되어 쏘아져 들어왔다. 시야를 까마득하게 메울 정도로 무수한 선이 집중되어 날아들자 이안은 오러를 끌어올렸다.

"오러 실드!"

후웅! 지잉! 지지지지징!

오러로 실드가 둘러지자 그 위로 사정없이 쏟아지는 검은 물결이 오러와 충돌했다.

"헐! 말, 말도 안 돼!"

강렬한 기세를 싣고 날아가는 쿼렐은 허무하게 오러의 벽에 가로막혀 가루가 되어 흩어졌다. 이안이 표적이 된 탓에 공격에서 벗어난 기사들은 사방으로 쏘아지며 공격 수단을 잃은 레인저들을 도륙하기 시작했다.

"모두 죽여라! 한 놈도 남기지 마라!"

"우오오오오오!"

당찬 기합을 터뜨리며 기사들은 닥치는 대로 레인저들을 베어나갔다. 아무리 산악전에 잔뼈가 굵은 레인저들이라고 해도 기사급의 존재들이 악다구니를 쓰며 달려들자 제대로 반격도 해보지 못하고 죽어나갔다.

"으득! 죽어라!"

무어 남작은 중급을 넘어서 상급으로 가는 단계에 있는 검사였다. 아무리 레인저로 평생을 보냈다지만 검술 실력을 키우는 것에도 무한한 노력을 경주했다.

쉬릿! 슈슈슉!

유려한 검술이 펼쳐지며 이안이 두르고 있는 오러 실드를 사정없이 두들겼다.

카앙! 카가가강!

마나 소드가 오러와 충돌하자 짙은 마나로 흩어지며 강한 반탄력에 내부가 진탕되어 갔다.

"크윽!"

몇 번의 충돌을 더 한 연후에야 그는 자신이 어떤 존재를 죽이려고 했는지 알 수 있었다.

'이자는 괴물이다.'

마스터라면 누구나 할 수 있는 것이지만 그것을 상대해 본

적이 없는 이들에게는 괴물로 느껴졌다. 쇠도 잘라내는 마나 소드라 해도 오러 앞에서는 아무런 소용이 없는 미약한 힘에 불과하다는 것을 그제야 느낀 것이다.

"네놈의 선택이 어떤 결과를 초래했는지 보아라!"

이안은 기사들과 사방에서 밀려들어 오는 샤베른에 의해 죽어나가는 산악 레인저들을 냉혹한 눈으로 쳐다보며 말했다.

"으으……."

"부하들을 죽음으로 내몰았음을 지옥에 떨어져서라도 반성하도록!"

이안은 무어 남작이 공포에 질려가는 것을 보면서 무심하게 검을 뺐었다. 반항도 하지 못하고 목이 잘려 죽음을 맞이한 무어 남작은 허무하게 바닥으로 쓰러져 내렸다. 그의 잘린 머리통을 검으로 찍어 올린 이안은 마나를 실어 외쳤다.

"네놈들의 지휘관이 죽었다! 항복하라! 항복하는 자는 죽이지 않는다!"

샤베른에 둘러싸여 학살당하는 레인저들은 일부가 빠져나간 후에도 계속해서 도망가다 수백 명이 좁은 곳으로 모여들었다. 그들은 제대로 된 저항도 하지 못하고 죽음만 기다리고 있는 차였다. 그러다 이안의 항복 발언이 나오자 그대로 무기를 집어 던지며 항복해 버렸다.

'빌어먹을 새끼!'

이안은 두 눈을 부릅뜨고 죽은 무어 남작의 머리통을 거칠게 집어던졌다. 격한 분노를 억누르며 돌아서려는 차에 무어 남작의 죽은 몸뚱이에 달려 있는 작은 가죽 가방이 눈에 들어왔다.

'뭔가 있어 보이는 가방인데.'

혹시 하는 마음에 가방을 검으로 집어 든 이안은 잠금장치를 해제한 후 안에 든 것을 확인했다.

"역시!"

안에는 수십 장의 양피지가 들어 있는데 모두 귀족가의 인장이 찍혀 있는 명령서와 서류였다. 글자가 적혀 있지만 제대로 알아볼 수 없는 것을 보면 암호화된 것이 분명했다.

'토리가 좋아하겠군. 후후!'

토리라면 그 어떤 암호 체계라도 해독할 수 있을 것이다. 안에 적혀 있는 것들이 무슨 내용일지 궁금해하며 이안은 빠르게 전장을 정리해 나갔다.

쿠르르르르르릉!

지축을 흔드는 굉음을 내며 질주하는 것은 40여 대가 넘는 기간트 캐러밴이다. 락토르와 체이스, 거기다 로크 제국의 것까지 혼합된 정체불명의 캐러밴들은 독립여단이 그간 전투를 치르며 노획한 것들이다.

"정말 이건 기간트를 태울 게 아니라 병력을 태우고 달려야 한다고 본다, 나는!"

토리는 이안이 가져다 준 문서들을 단번에 해독해 냈다. 그리고 그 안에는 쥬베인 후작가의 진군 계획이 고스란히 적혀 있었고, 그 진군로를 우회하여 캐러밴들이 달려가는 중이다.

"토리 네가 생각하기에도 그렇지? 크크크!"

말이 달리는 속도에는 미치지 못하지만 그래도 꽤 빠르게 달려가는 기간트 캐러밴이다. 승차감이 썩 훌륭하지 못한 것은 단점이지만 고생스럽게 발로 걸어가는 것을 생각하면 충분히 참을 만한 단점이었다.

"시간이 얼마나 됐지?"

이안의 물음에 하늘에 떠 있는 태양을 대강 눈대중한 안드레아가 대답했다.

"정오가 다 되어간다."

"흐음, 지금쯤 그레그 소장님이 적들과 마주쳤겠군."

쥬베인 후작가의 병력은 계획대로 국경을 넘어 독립여단의 동남방에 진을 쳤다. 산지를 피해서 넓은 평원에 자리 잡은 상태에서 장기전을 펼치기 위한 준비를 하고 있었다. 물론 기간트 부대의 습격이 성공하면 그 즉시 밀고 올라갈 작정이기는 했지만 말이다.

"저기 적진이 보인다!"

맨 선두의 캐러밴에 탑승하고 있는 이안과 친구들은 멀리 모습을 보이기 시작하는 쥬베인 후작가의 군량 보급 기지를 쳐다보았다.

"어마어마하네."

"30만 명이 먹을 식량을 싣고 왔는데 당연하지."

크리스토퍼 대공의 군대는 쾌속 진군을 위해 치중부대를 거느리지 않은 채 국경을 넘었다. 보름 안에 왕성을 점령하고 후속으로 쥬베인 후작가의 병력이 넘어와 보급품을 대는 것이 그들의 계획이었다. 그것을 위해 국경 너머에 1차 보급 기지가 건설됐고, 그것이 눈앞에 있는 거대한 기지였다.

"뭐, 잘됐잖아? 안 그래도 식량이 모자라서 빌빌거렸는데 말이지."

쥬베인 후작가는 제국 서남부의 곡창지대를 차지하고 있는 영주였고, 전력을 기울여 군량을 지원하는 임무를 맡았다. 30만 명이 족히 반년은 먹을 수 있는 군량이 쌓여 있는 기지이니 저곳만 점령한다면 단번에 식량난에서 벗어날 수 있을 것이다.

"누가 뭐래? 그럼 어떻게 할래? 바로 밀고 들어갈까?"

기간트 캐러밴에 탑승한 채 싸울 준비를 하고 있는 독립여단의 병력은 모두 1만 2천여 명이었다. 캐러밴 1대당 300명에 달하는 병력이 탑승하고 있으니 그대로 진격하여 적진 한 가운데에 풀어놓으면 전격전이 될 것이다.

"기간트 캐러밴을 일렬횡대로!"

"일렬횡대로! 일렬횡대······!"

우렁차게 이안의 명령을 전달하자 기간트 캐러밴은 일렬 종대에서 서서히 횡대로 벌려 섰다. 강철로 된 덮개로 완전하게 보호되는 캐러밴들이 일렬로 질주하자 적진에서도 적의 출현을 알아채고 긴급한 타종 소리가 들려왔다.

6장

보급이 끊기면 곤란할걸?

보급품을 지키는 임무를 맡은 치중부대의 대장이자 쥬베인 후작가의 봉신 가문인 비츠 자작가의 가주인 지오렌트 비츠 자작은 갑작스러운 타종 소리에 막사를 박차고 나왔다. 그는 목책으로 만들어진 기지의 사방에 만들어진 망루에서 적의 출현을 알리는 타종이 요란하게 울리는 것에 뜨악한 표정이다.

"무슨 일인지 알아봐라! 어서!"

"네, 자작님!"

휘하의 기사가 타종을 울리는 망루를 향해 달려갔다. 그러나 그가 망루에 도착하기도 전에 목책 위에 늘어선 병사들의 외침이 들려왔다.

"기간트 캐러밴이 돌진해 온다!"

"미, 미친……. 저걸 어떻게 막아야 하는 거야?"

"피해야 해! 이대로는 개죽음이야!"

높이 15미터, 길이 30미터가 넘는 기간트 캐러밴은 기간트를 운송하기 위해 특별히 제작된 것으로 오히려 기간트보다 비싼 물건이다. 소모되는 강철의 양과 마나 코어도 기간트에 적용되는 것을 그대로 사용하기 때문이다. 그런 기간트 캐러밴이다 보니 보통의 수단으로는 공격할 엄두조차 내지 못했다. 있다면 마동포나 기간트로 부수는 것이 최선일 것이다.

"기간트 캐러밴이라니… 어떻게 된 일인가, 이것은?"

병사들이 아우성을 치는 걸로 봐서는 수십 대가 넘는 기간트 캐러밴이 목책을 향해 돌격해 오고 있었다. 그걸 막을 방법이 없는 그로서는 어떻게 된 영문인지 몰라 마음이 조급해졌다.

"자작님, 기간트 캐러밴 40대가 돌격해 오고 있습니다. 어떻게 합니까?"

목책을 아무리 튼튼하게 만들었다고 해도 기간트 캐러밴의 돌진에는 속수무책이다. 나무가 강철로 만들어진 괴물을 상대할 수는 없었다.

"병력을 산개시켜라! 돌진 방향에서 병력을 빼란 말이다! 어서!"

"네? 넵!"

기사들은 동분서주하며 기간트 캐러밴이 돌격해 들어오는 방향의 병력을 이동시켰다. 그리고 나머지 병력은 좌우로 벌린 채 적을 맞이할 준비를 갖췄다.

"마법사들을 모아라. 어떻게든 저지시켜야 할 것이니."

자작의 명령에 몇 명 없는 마법사들이 모두 모여들었다. 목책 위로 올라가 일렬로 선 그들은 어떻게든 기간트 캐러밴을 멈추게 하기 위해 공격 마법을 캐스팅했다.

"화염의 의지여, 마나의 부름을…… 파이어볼!"

"…파이어볼!"

높은 등급의 마법사가 고작 캐스팅한 것이 파이어 블래스터일 정도로 치중부대 소속 마법사들의 한계가 드러났다.

"가운데 놈을 노린다. 마법 발현!"

"파이어 블래스터!"

후웅! 화르르륵! 슈아아앙!

10여 개의 화염구가 포물선을 그리며 달려오는 기간트 캐러밴을 향해 날아갔다. 그리고 강력한 폭음과 함께 화염이 비산하며 온통 불로 가득한 화염지옥을 만들어냈다.

"서, 성공인… 이런!"

화염이 급격히 가라앉고, 폭음을 만들어낸 캐러밴이 검게 그을린 채 계속해서 움직였다. 오히려 광분하여 더욱 속도를 올리는 캐러밴의 질주가 마법사들이 있는 곳으로 향했다.

"물러서라! 물러서!"

"마법 방어진까지 갖춘 놈일 줄이야. 으으……."

마법사들은 자신의 능력으로는 요격이 불가능하다는 것을 깨닫고 급히 몸을 피했다. 그들이 도망가는 모습을 보며 캐러밴에 탑승한 이안은 고개를 가로저었다.

'역시 다구리는 고위 마법으로도 어쩔 수 없군.'

10여 개의 파이어볼과 파이어 블래스터 마법이 날아들자 이안은 급히 캐러밴의 전면에 배리어를 두르며 방어에 나섰다. 한 번의 타격으로 6클래스인 자신이 펼친 배리어가 깨져 나가는 것에 조금은 아쉬운 마음이다. 그러나 캐러밴의 강철 외장은 화염에도 아무런 타격도 없이 질주를 계속했다.

"충돌한다! 모두 대비하라!"

"충돌 대비! 충돌 대비!"

이안의 명령을 전파하는 목소리가 캐러밴 안을 울리고, 서로의 팔짱을 끼며 충돌에 대비하는 병사들이 바짝 몸을 낮췄다.

쿠콰쾅! 콰지지지지직!

캐러밴이 두꺼운 목책을 그대로 짓이기며 보급기지 안으

로 들어섰다.

"연사 석궁 부대 위로!"

애초에 훈련한 대로 캐러밴의 외장 위로 연사 석궁으로 무장한 병사들이 올라섰다. 급조한 강철 방패로 몸을 가린 채 올라선 그들은 외장부에 연사 석궁을 거치하고 적을 겨냥했다.

"자유 사격을 가하라! 모두 쓸어버려!"

"추웅!"

석궁병들은 이안의 명령이 떨어지기 무섭게 연사 석궁의 발사 레버를 당겼다.

"닥치는 대로 깔아버려! 모두 죽여도 상관없다!"

"네, 장군!"

캐러밴의 조종사는 이안의 명령이 떨어지자 대오를 갖춘 채 자신들을 기다리고 있는 적병들을 향해 몰아갔다.

"마, 막아라! 절대 동요하지 마라!"

"으으… 나, 나는 죽고 싶지 않아!"

명령이 떨어졌음에도 보급부대의 병사들은 캐러밴이 자신들을 향해 돌진해 오자 겁에 질렸다. 인간의 힘으로는 어떻게 할 수 없는 강철 괴물에 깔려 죽고 싶지는 않았다. 오합지졸이 되어 사방으로 흩어지기 시작하는 병사들을 보며 비츠 자작은 절망했다.

'기간트 캐러밴을 저런 식으로 사용하다니… 미쳤군.'

발상의 전환이 가져온 무참한 학살극을 보며 비츠 자작은 고개를 절레절레 내저었다. 거대한 성채가 덮쳐오는 것을 인간의 힘으로 어떻게 상대할 방법을 찾지 못했다. 결국 그가 선택할 수 있는 것은 항복하거나 도망가는 방법뿐이었다.

"퇴각한다. 나를 따르라."

"제가 모시겠습니다."

보급부대의 기사들은 이미 승패를 논할 수 없는 상황임을 인지하고 퇴각 명령을 오히려 반겼다. 기사들이 앞장서서 전장을 탈출하자 살아남은 병사들도 뒤도 돌아보지 않고 줄행랑을 쳤다.

둥! 둥! 둥! 둥!

독전을 알리는 북소리가 울리자 거대한 평원에 도열한 병사들이 일제히 앞으로 나아갔다. 10만에 달하는 병력 가운데 7만의 보병이 전진하고 뒤에 도열한 궁병들은 일제히 활시위를 당기며 보조를 맞추면서 따라 나갔다.

"장군, 적군이 전진합니다! 명령을……!"

그레그 소장은 전통적인 대회전을 고수하는 쥬베인 후작의 군진을 쳐다보았다. 100명씩 묶어서 사각 대형을 유지한 채 전진하는 적들의 기세는 무척이나 드셌다.

'제국이라는 이름이 가져다주는 자신감인가? 나쁘지 않군.'

그레그 소장은 2군단 병력을 적의 진형 배치에 맞춰서 맞춤형으로 배열했다. 정면에 배치된 경보병을 상대로 중장보병을 배치하고 적의 중장보병들이 있는 곳에는 방패병과 파이크병으로 구성된 병력으로 맞섰다.

'그러나 회전이 벌어지면 알게 되겠지. 지옥의 문으로 들어섰다는 것을 말이야.'

기간트 전력이 모두 사라진 적군을 상대로 싸우는 것이다. 그러니 배후에서 움직일 기간트 전력이 전장에 드러날 때 적은 괴멸적인 타격을 당할 것이다.

"기병대가 우회하고 있습니다. 대응 명령을!"

그레그 소장은 기병 사단을 이끌었기에 기병전에 대해서는 전문가였다. 그랬기에 적의 기병이 우회하는 지역에 배치한 기간트들로 상대적 우위를 지닌 채 전쟁을 하길 원했다.

"작전대로 움직이라고 전하라. 기간트 부대는 적의 기병들을 빠르게 완파하고 적의 옆구리를 뚫어야 한다. 알겠는가?"

"명!"

전령들은 그레그 소장의 명령을 전달하기 위해 빠르게 움직이고, 이내 각 병력의 출전을 알리는 독전고가 울렸다.

"기병대 출진시켜라! 정면에서 들이친다!"

"정면에서 말씀이십니까? 아, 알겠습니다."

보병들이 정면에서 밀고 나오는 시점에서 기병을 정면에서 돌진시키는 것은 상당한 파괴력을 낼 수 있었다. 물론 그에 따른 단점도 존재하는데, 민감한 말이 기간트의 등장을 보고 날뛰는 점이 그것이다. 덕분에 기간트가 전장의 주역이 된 이후로는 그다지 선호하지 않는 방식이 기병의 정면 돌파였다. 우회하여 적진의 배후를 공격하든가 옆에서 파고들어 적군을 둘로 나누는 식의 기병 운용이 대회전에서 주로 쓰였다.

"기병대 출전!"

"우오오오오!"

기성을 내지르며 서서히 나아가는 기병대가 보병대 사이를 지나쳤다. 그런데 조금은 특이한 형태의 병기를 이인일조로 하여 끌고 나갔다.

"속도를 올려라! 곧 충돌한다!"

두두두두두두두두두두!

지축을 뒤흔들며 기병대는 방패를 앞세운 채 밀려오는 적군을 향해 진격해 들어갔다.

"방패 앞으로!"

멀리서 곡선을 그리며 날아오는 화살 세례에 기병대장이 명령을 하달했다. 방패를 들어 머리 위를 가리는 기병들은 이를 앙다물고 돌격했다.

"렌스를 들어라! 버티면 승리는 우리 것이다!"

"올 테면 와봐라, 개자식들아!"

고함을 지르며 공포를 날리려 애쓰는 후작가의 병력이 고슴도치처럼 웅크리며 수많은 가시를 빼곡하게 세웠다. 그들의 머리 위로 지나치는 화살들이 그대로 떨어져 내리며 기병들을 타격하기 시작했다.

퍼퍽! 퍼퍼퍼퍼퍼퍼퍽!

무수히 떨어져 내리는 화살이 방패에 우선적으로 막혔다. 그러나 전부 막아낼 수는 없었기에 선두의 기병들이 우수수 쓰러지며 비명을 내질렀다.

"돌격! 그대로 관통한다!"

"거창!"

"죽어랏!"

기병대는 고슴도치처럼 방패와 장창으로 웅크린 적 보병대를 그대로 깔아뭉개며 들어갔다. 창에 꿰인 전투마가 구슬픈 비명을 지르며 죽어나가도 그대로 몸을 날려 틈이 열린 적들에게 뛰어들며 검을 찔러 넣었다.

"여기 잡아!"

뒤에서 달려와 적병에게 렌스를 찔러 넣은 기병 하나가 말에서 떨어진 동료를 잡아 뒤에 태웠다. 그때부터 재차 보병들 사이를 뚫고 나가는 기병들의 돌진이 무섭게 이루어졌다.

"작전대로 움직여라! 1군은 우측을 뚫어라!"

"2군은 나를 따르라! 좌측을 뚫는다!"

기병대의 고위 장교들은 용맹을 뽐내며 적 보병대를 쑥대밭으로 만들고 보병들의 옆면을 뚫고 각기 다른 방향으로 흩어져 나갔다. 그런 기병들의 활약으로 인해 전열이 붕괴된 보병들은 우왕좌왕하며 닥치는 대로 병장기를 휘둘렀다.

"보병대 돌격!"

"전열이 무너진 지금이 기회다! 돌격하라! 돌격!"

그레그 소장의 명령이 떨어지자 서서히 진군하던 보병대가 일제히 앞으로 내달렸다. 처음에는 대오를 갖춰서 진군했지만 나중에는 거대한 파도가 앞서거니 뒤서거니 하면서 밀려가듯 적병들에게 쇄도해 들어갔다.

"로크의 개들을 죽여라!"

"이거나 먹엇!"

"대갈통을 부숴주마! 으하하하!"

병사들은 기병들의 돌진에 전열이 무너져 사기가 저하된 적을 사정없이 몰아쳤다.

"기병대 퇴각시키고 중장보병대로 파이크병 더 보충하도록!"

"명!"

그레그 소장은 10여 미터 높이의 망루에서 전장을 전체적으로 관찰했다. 너무도 많은 병력이 맞붙은 상황이라 조금이라도 밀리는 구석이 있거나 다른 부대와 보조를 맞추지 못하는 곳이 있으면 곧장 보충해 주었다.

"부관이 보기에는 어떤가?"

"전체적으로 이기고 있습니다. 초반에 기병대의 돌진이 아주 큰 역할을 해준 것으로 사료됩니다."

"적장의 멍청함이 가져다준 승리라고 해야겠지. 흐흐흐!"

기병 전력을 우회시켜서 배후를 노리려고 한 것은 보편적으로 많이 쓰는 전술이기에 적장이 선택한 것을 탓할 수는 없었다. 다만 이렇게 대규모 병력이 맞부딪치는 상황이라면 기병 전력을 그런 식으로 사용하는 것은 자제해야 했다. 하지만 그 선택 덕분에 아주 편안한 전투를 할 수 있게 되었다.

"기간트 부대는 소식이 없는가?"

"기병 전력을 몰살시켰다고 전언이 왔습니다. 이제 곧 적진의 좌우로 기간트 부대가 공격을 가할 것입니다."

"그래? 아주 볼 만하겠구만."

그레그 소장은 이안이 빼앗은 오시리스마저 더해져서 50여 기로 늘어난 기간트 전력에 모든 것을 걸고 있었다. 그들이 등장하면 아마 한 시간도 걸리지 않아 적은 패퇴하게 될 것이다.

"룰루루~ 루루루루~"

콧노래를 부르며 가득 쌓인 식량 더미 위에 몸을 누인 친구들의 모습을 보며 이안은 마음이 여유로웠다. 반나절의 시간 동안 보급창 기지를 습격하여 적을 물리치고 식량을 모두 가져가는 길이라 더욱 그랬다.

'이걸로 크리스토퍼 대공군은 군량에 문제가 생기겠군.'

당장은 문제가 발생하겠지만 장기적으로 보면 워낙 자원과 물산이 풍부한 제국이라 금방 메워질 것이다. 그래도 잠깐 동안의 곤궁함이 적의 사기를 떨어뜨릴 것은 분명했다.

징! 징! 징! 징!

갑작스러운 마법 수정구의 울림에 이안은 급히 수정구를 꺼내 들고 마나를 불어넣었다.

─아레나예요.

"무슨 일이 있나?"

─아이언핸드 님이 오셨어요. 연락할 일이 있다고 하시네요.

"그래? 연결해 줘."

─잠시만 기다리세요.

아이언핸드가 연락을 취할 일이 무엇일지 궁금했다. 지금 한창 전쟁이 진행 중인 상황임을 알고 있을 텐데도 연락을 해 달라고 했다면 뭔가 중요한 일일 것이다.

─날세. 아이언핸드.

"안녕하세요. 무슨 일이 있습니까?"

―아! 다름이 아니고 말이야, 다른 부족의 일족들이 이곳으로 이주를 하고 싶어 해서 말이네.

"다른 부족들이요? 전쟁 중인 건 다들 알고 있습니까?"

전쟁 중에 잘못하면 휘말려들어 곤욕을 치를 수도 있었다. 드워프 부족들은 항상 노예 상인들의 공격에 직면해 있었지만 전쟁은 또 다른 차원의 이야기였다.

―알고 있네. 어차피 다른 곳에서도 마찬가지이니 이곳에서 힘을 합치고 싶어하더군.

"다른 곳도 마찬가지라구요? 흐음."

드워프 연합이 만들어져서 왕성한 활동을 하고 있었다. 그들은 드워프의 권익을 위해서라면 무력 투쟁도 불사할 만큼 강성한 조직이었기에 대놓고 드워프를 박해할 나라는 없었다. 뒤로 몰래몰래 노예 상인들이 공격하는 일은 비일비재했지만 말이다.

―로크 제국의 동부에서 최근 드워프들을 공격하는 일이 잦아지고 있다네. 벌써 두 개 부족이 사라진 상황이야. 그 인근의 다른 두 개 부족이 위협을 감당하지 못하고 이주를 결정했네.

"아, 로크 제국."

로크 제국이 드워프 부족들을 사냥하는 이유는 이안도 어렴풋이 짐작할 수 있었다. 락토르 침략을 기화로 체이스 제국과의 일전도 불사할 생각인 것이다. 그를 위해서 뛰어난 장인인 드워프 일족을 사냥하는 것일 터였다.

―연합의 경고에도 모르쇠로 일관하고 있어서 차라리 그 땅을 떠나 이곳으로 오겠다는 게야. 힘을 합쳐서 로크 제국과 싸우겠다고 말일세.

아이언핸드의 말에 이안은 왜 드워프 일족들이 모여들려고 하는지 이해할 수 있었다. 복수심에 불타는 그들은 강철의 모루 일족과 힘을 합쳐서 로크 제국에 크게 한 방 먹이려는 것이다.

'마동포와 샤베른의 존재가 크게 한몫했겠지.'

자신들의 능력으로 충분히 만들어낼 수 있는 병기들이고, 대수만 많아진다면 복수를 꿈꾸는 그들에게 그 꿈을 이루어 줄 수 있을 거라 판단했을 것이다.

"그럼 제가 어떻게 해드리면 됩니까?"

―별거 있겠나. 이 땅의 주인이 자네이니 자네의 허락만 있으면 되는 걸세.

"후후! 허락해 드려야죠. 단 조건은 강철의 모루 일족과 동일합니다. 그 정도면 되겠습니까?"

―물론일세. 자네의 허락이 떨어졌으니 바로 이곳으로 이동시키겠네.

"바로요? 아! 드워프 연합의 힘을 동원할 생각이시로군요."

―맞네. 바로 워프 마법진을 이용해서 데리고 올 생각이야. 내일이면 다들 이곳으로 올 수 있을 것일세.

"잘됐네요. 그럼 상의할 내용은 이게 다인가요?"

―그것도 그렇고 오늘 마을 입구로 이상한 놈들이 대거 나타났는데 말이야, 알고 있나?

아이언핸드의 말에 이안은 쓴웃음을 지어야 했다. 누구인지 잘 알고 있고, 그들이 드워프 마을의 입구에서 기웃거리는 이유 또한 잘 알고 있었다.

'아르제온 후작이 그냥 용병단을 고용해서 보낼 리가 없지. 제길.'

아르제온 후작은 약속을 아주 정확하게 지켰는데 그들 중에 체이스 제국이 심어 놓은 스파이들이 숨어 있었다. 그들은 도착한 첫날부터 드워프 마을에 관심을 드러내며 그들의 기술을 배우고 싶다고 말했다.

'마동포의 비밀을 알아내는 것이 그들에게 주어진 임무겠지. 쩝!'

그렇다고 돌려보낼 수도 없는 것이 기간틱 엔지니어의 합류로 망가진 기간트를 고칠 수 있게 된 점이 컸다. 팔다리가 부서진 기간트의 몸체와 몸체가 부서진 기간트의 팔다리를 따로 떼서 연결하면 멀쩡한 기간트 한 기가 된다.

"절대 안으로 들이지 마십시오. 그놈들, 체이스 제국의 스파이입니다. 겉으로는 돕기 위해 온 용병들입니다만."

―끄응, 내 그럴 줄 알았네. 그놈들은 우리가 알아서 하지. 그럼 무운을 비네.

"네. 또 연락드리죠."

이안은 고개를 살짝 좌우로 흔들며 아이언핸드와의 연락을 끝마쳤다. 새롭게 동맹이 되었다고 해도 체이스 제국이 그런 식으로 대놓고 스파이 짓을 하려고 할 줄은 미처 예상하지 못한 범위였다.

'아 참, 내 정신 좀 보게.'

이안은 그런 사소한 문제에 신경 쓸 때가 아니라는 것을 떠올리고는 정신을 집중했다.

"아레나, 전장의 상황은 어때?"

출동하기 전에 비행 원반 두 기를 전장의 상공으로 보내놓았다. 전황이 안 좋게 흐르면 바로 연락하라고 했는데 아직 연락이 없었다.

―로크 제국의 군대는 절반 정도 남았습니다.

"절반? 벌써 반을 죽였다는 거야?"

깜짝 놀란 이안은 반나절밖에 안 된 전투로 절반이 넘는 적을 죽였다는 것이 의외였다. 아무리 전력에서 앞선다고 해도

10만에 달하는 적과의 싸움이었다. 치열하게 싸워도 반나절 만에 그 정도의 적을 죽이는 것은 불가능에 가까웠다.

─기간트가 없는 적군이라 쉽게 무너지더군요.

아레나의 평가에 이안은 기간트의 유무가 전황을 이렇게 어이없게 흐르게 한다는 것을 느낄 수 있었다.

'하긴 샤베른까지 총동원된 싸움이니.'

기간트 전력만 50대에 샤베른 40대가 동원된 전쟁이었다. 그러니 포위된 적을 기간트로 묵사발을 내놓았다면 그 정도 시간에도 충분했을 것이다.

'이럴 게 아니라 적이 도주하는 방향은 뻔하니 길목을 차단해야겠어.'

지금 이안의 독립여단을 태운 기간트 캐러밴이 움직이는 방향이 쥬베인 후작군이 움직인 방향과 동일했다. 패퇴한 적들이 도주한 곳도 같을 것이니 매복만 제대로 한다면 일거에 적들을 소탕할 수 있을 것이다.

'좋았어, 매복을 해야겠다.'

이안은 고개를 찬찬히 끄덕이며 매복할 만한 공간을 찾기 시작했다.

"아레나!"

─말씀하세요.

"이 근처에 매복할 만한 지형이 있는지 찾아줘."

―지도를 찾아볼게요.

아레나는 자신의 에고 시스템에 등록되어 있는 지형도를 빠르게 살폈다. 그리고 도주로에서 가장 효과적으로 매복할 수 있는 지형을 찾아냈다.

―서북쪽으로 구불구불한 산지가 있어요. 그곳은 하천이 지나는 곳으로 그 가운데 길이 나 있습니다. 그곳에 매복하는 것을 추천해요.

구불구불하다는 말에 이안은 최적의 지형이라 생각했다. 앞쪽에서 행군하는 부대와 뒤쪽의 부대가 서로 시야가 차단되는 효과가 있으니 말이다. 거기다 한쪽은 하천이 흐르고 있어서 그곳으로 도주하는 적들은 반대쪽에 약간의 병력만 배치해도 쉽게 주살할 수 있는 장점이 있다.

"고마워. 그리고 비행 원반 한 대를 도주하는 놈들을 추적하게 해줘. 놈들이 어떻게 움직이는지 알면 좋을 테니까 말이야."

―그렇게 할게요.

"그럼 수고해."

이안은 아레나와의 통신을 끊고 멀뚱거리며 자신을 쳐다보고 있는 친구들을 쳐다보았다.

"저렇게 혼자 떠드니까 꼭 미친놈 같지 않냐?"

"내 말이. 아주 신이 나서 떠드는데 소름 돋더라, 야."

토리와 안드레아가 농담을 주고받으며 장난스러운 제스처를 취했다. 그들의 농담에 이안은 머쓱한 표정을 지으며 말을 꺼냈다.

"다들 들었지?"

"그럼 못 들었겠냐? 그렇게 크게 떠들어놓고."

"그럼 잘됐네. 얼마 지나지 않아 적들이 패주해서 이곳으로 올 거다. 매복했다가 놈들을 친다."

"얼른 가자. 그래야 준비하지."

기간트 캐러밴은 식량을 가득 실은 탓에 속도가 무척 느렸다. 그래도 사람이 뛰는 정도의 속도는 나와서 그나마 늦지 않게 도착할 수 있었다.

'완전히 바위산이네. 경치는 좋긴 하다만.'

남쪽의 산지는 200미터에 달하는 바위 절벽으로 이루어져 있었다. 그런 절들이 길게 굽이치듯이 뻗어 있고 아래로는 평평한 지형이 좁게 이어졌다. 마지막으로 북쪽에 굽이치듯 흐르는 하천은 제법 깊고 수량도 풍부했다.

'하천의 폭이 좁은 것이 흠이지만 이 정도면 완벽하다.'

군대를 지휘하는 자라면 이런 곳에 도사리고 있을 매복을 염려하여 절대 무리해서 이동하지 않는다. 하지만 적들은 패배하여 도망치는 상태이니 그런 확인을 하지 않을 확률이 절반 정도는 된다.

'제발 상대의 지휘관이 무능하기를 바라야겠군.'

가장 빠르게 도주할 수 있는 도주로 상에 있는 곳이라 적들이 이곳으로 지나가는 것은 확실했다. 아니면 기간트 전력과 기병들이 우세한 2군단의 추격을 따돌릴 수 없을 것이다.

"병력을 반으로 나눈다."

"어떻게 하려고?"

"반은 좌측 절벽 위로 올라가서 활로 공격한다. 바위를 굴리는 것도 좋고."

"그럼 나머지 반은?"

"그중 반은 적이 도주하지 못하도록 길을 막아야지. 나머지 반은 저기서 공격하고. 마동포를 사용하면 좋겠지."

이안의 구상에 친구들도 나쁘지 않다는 반응이다. 하천 건너편은 헬카이드 산맥이 시작되는 부분이라 점점 높아지는 지형을 지니고 있었다. 그곳으로 도강하여 도주하는 자는 없을 것이다. 어떻게든 이곳을 통과하여 조금만 도망가면 있는 국경을 넘으려 할 것이다.

'저쪽은 기간트 캐러밴으로 막아버리면 되겠고.'

탈출구를 아예 막아버릴 심산이다. 뒤에서 추격하는 기간트 부대가 있으니 적들이 도망갈 공간만 주지 않으면 모두 사로잡는 것도 가능할 것이다.

"준비하자고! 자자! 움직여!"

이안의 명령대로 독립여단의 지휘부는 빠르게 병력을 배치했다. 200미터가 넘는 절벽을 오르는 것이 문제였지만 기사들이 절벽을 기어올라 밧줄을 연결하는 것으로 해결했다.

"아무튼 기간트 캐러밴이 아주 유용한 물건인 건 확실해."

굽이굽이 돌아가는 길의 끝에 기간트 캐러밴을 일렬로 도열시켰다. 빠져나갈 구멍을 아예 막을 수 있는 최고의 일등공신은 바로 기간트 캐러밴이었다. 길이가 30미터가 넘는 캐러밴의 거대한 몸체는 마치 거대한 강철 성곽처럼 장엄한 위용을 뽐냈다.

—마스터, 적들이 매복지로 접근하고 있어요.

"벌써?"

—기간트와 샤베른의 추격 때문에 빠르게 도주하는 중이에요.

"흐음, 그렇단 말이지."

뒤에서 추격하는 기간트들 때문에 뒤도 돌아보지 않고 도주하는 것이 분명했다. 매복을 결심하면서 미리 연락을 취한 대로 그레그 소장이 보조를 맞춰가며 추격하는 듯했다.

"적들이 온다! 모두 은폐 엄폐에 만전을 기하라!"

이안의 명령이 떨어지자 조금은 시끌시끌하던 매복지가 조용하게 변했다. 옆 사람의 숨소리마저 느껴질 정도로 고요

함이 유지되자 이안은 기간트 캐러밴 위로 뛰어오르며 자리를 잡았다.

"모두 준비됐나?"

"예, 장군!"

맥기는 이제 대위 계급장을 달고 처음 이안이 왔을 때와 같은 계급이 되어 있었다. 그동안 여러 차례 전공을 세우고 이안에게 검술도 전수 받아서 익스퍼트에 오른 덕분이다.

'연사 석궁을 뚫고 올 수 있을지는 의문이다만.'

캐러밴의 위에는 최대한 검술 실력이 뛰어난 기사와 장교 위주로 배치되었다. 나머지는 연사 석궁을 소지한 궁병들이었는데, 이들이 최대한 역할을 해줘야 할 것이다.

호롱! 호로롱!

멀리서 산새 울음소리가 길게 들려왔다. 독립여단에는 사냥꾼 출신의 궁병들이 많았는데, 그들이 일부러 내는 산새 울음소리였다. 미리 잡아놓은 산새들을 날리며 놀라서 도망가는 연출까지 해냈다. 사냥꾼들이 아니었다면 생각하지도 못할 것들이다.

'연륜은 속일 수 없군. 나도 생각하지 못한 부분인데 말이야.'

매복을 감지하는 방법 가운데 너무 조용한 것은 문제가 있으니 정찰을 필수적으로 해야 한다. 대군이 도망쳐 오는 상황이라고 해도 너무 조용하다면 그것을 감지하는 자들도 나올 것이다. 그것을 예방해 주는 신의 한 수였다.

'미친 듯이 도망쳐 오는구나. 크큭!'

멀리서 모습을 드러낸 적들은 귀족들과 기사들을 선두로 전투마를 거칠게 몰며 달려오고 있었다. 그 뒤를 죽기 살기로 달리는 병사들이 거친 호흡과 함께 금방이라도 쓰러질 것처럼 따라오고 있었다.

'싸울 힘도 없어 보이는군.'

병사들의 모습은 비참함 그 자체라고 할 정도였다. 여기저기 찢기고 다친 상처를 입은 채 땀으로 범벅이 된 그들은 누가 손가락으로 건드려도 그대로 쓰러질 듯한 모습이었다.

'그래도 방심은 금물이지. 적은 5만에 가까운 병력이니까 말이야.'

네 배에 달하는 적을 상대로 하는 것이니 동정이나 방심은 큰 화로 되돌아올 것이다. 침중하게 좌우를 돌아보며 굳은 시선으로 고개를 끄덕거리자 모두가 알겠다는 듯이 좌우의 동료들에게 전달했다.

"락토르의 영토를 침범한 적들을 쓸어버려라! 독립여단 공격!"

"며엉!"

독립여단의 병사들이 우르르 일어나며 일제히 화살을 날

렸다. 절벽 위에 모습을 드러낸 독립여단 보병들은 커다란 바위를 아래로 집어 던지고 일부는 어느새 잘라왔는지 통나무를 굴렸다.

"매, 매복이다!"

"그대로 돌파하라! 정면 돌파만이 살길이다!"

갑작스러운 매복 공격에 패닉에 빠진 쥬베인 후작군의 지휘부는 악다구니를 쓰며 정면 돌파를 외쳤다. 되돌아가면 뒤에서 추격해 오는 기간트 부대에 짓밟히고 말 것이니 선택지는 그것뿐이었다.

"어서들 오너라! 너희들이 공격 대상으로 지목한 나 독립여단장인 이안 레이너가 너희를 기다렸다!"

이안이 기간트 캐러밴의 강철 지붕 위에 올라선 채 우렁우렁한 외침을 토했다. 그러자 달려오던 쥬베인 후작을 비롯한 적의 지휘부가 분노의 외침을 토했다.

"저놈을 죽여라!"

"기사들은 뭣들 하는가! 저자를 잡아오라!"

기사들을 채근하는 귀족들의 외침에 몸을 보호하기 위해 사력을 다하던 기사들은 감정을 잃은 기계처럼 캐러밴을 향해 달려갔다. 승부가 기운 것을 아는지 사기가 바닥을 기는 그들의 모습에 이안은 싸늘한 살소를 머금었다.

"연사 석궁 발사!"

"발사하라! 발사!"

피피피피피피피피피핑!

수백 줄기의 검은 실선이 달려오는 전마를 향해서 번개처럼 쏟아져 나갔다. 강력한 힘을 동반한 작은 쿼렐 세례에 달려오던 기사들의 태반이 낙마하거나 부상을 당하며 쓰러져 갔다.

"자유 사격! 자유 사격을 가하라!"

연사 석궁병들은 미친 듯이 레버를 당겨 재장전한 후 곧바로 적에게 쏘아댔다. 재장전과 겨냥, 그리고 사격까지 걸리는 시간은 채 3, 4초밖에 걸리지 않았고, 적들은 다시 우수수 쓰러졌다.

'숫자가 깡패군.'

이안은 연사 석궁에 당하는 적의 수가 많지만 그보다 밀려오는 숫자가 더욱 많은 것에 쓴웃음을 지으며 신형을 날렸다. 이제 자신이 제 역할을 해줘야 할 때였다.

7장

내 걱정은, 하지 마라

쥬베인 후작은 미치고 팔짝 뛸 지경이었다. 독립여단을 박살 낼 것으로 믿은 기간트 전력이 역으로 모두 박살 났다. 기간트 전력의 압도적인 전력 차를 바탕으로 적의 기간트 부대를 지워 버린다는 가정 하에 진군했다. 그러나 갑자기 등장한 적 기간트 부대에게 호되게 당하고 물러나는 상황이 되어 울화가 치밀어 올랐다. 그들로부터 그러한 사실조차 알려지지 않은 탓이었다.

"적의 수는 얼마 되지 않는다! 기사들을 더 투입시켜!"

"예, 주군!"

10여 명의 귀족 가문이 함께한 탓에 기사들의 숫자는 여유가 있었다. 비록 패배해서 물러나는 상황에서도 기사단은 그대로 보존한 덕분이다.

"저 캐러밴을 탈취하면 되겠어. 국경까지 얼마나 남았지?"

매복에 걸려서 부하들이 죽어가는 상황에서도 쥬베인 후작은 국경을 넘어 안전 지역으로 가는 것만 생각했다. 그리고 기간트보다 더 비싼 기간트 캐러밴 40대를 빼앗는다면 자신이 본 손해를 어느 정도는 만회할 수 있을 거라는 욕심으로 가득했다.

"에잉! 쯧쯧!"

기사들이 돌진해 들어가서 캐러밴 위로 뛰어오르기 위해 필사적이다. 그러나 지금까지 한 번도 보지 못한 크로스보우를 든 병사들이 그런 기사들을 너무도 쉽게 쓰러뜨렸다.

"도대체 저건 뭐야? 어떻게 계속해서 쏠 수 있는 거냔 말이다!"

"신무기 같습니다. 기사단의 피해가 너무 큽니다!"

쥬베인 후작은 기간트 캐러밴을 빼앗아 자신이 입은 손해를 만회하고자 하는 욕심으로 마법사들을 투입하지 않았다. 마법에 의해 캐러밴이 파괴되면 아무 쓸모 없는 고철이 되기 때문이다.

"별수 없지. 마법사들을 투입시켜!"

"네, 주군!"

마법사들을 투입하라는 명이 떨어지자 각 가문에 속한 마법사부터 시작하여 60여 명의 마법사가 쏟아져 나왔다. 기간트를 상대로는 그다지 큰 활약을 하지 못한 마법사들이지만 이번에는 다를 것이다.

"마법사다! 모두 방패 앞으로!"

"죽기 싫으면 방패 들어! 어서!"

마법사들이 전면으로 나서자 강철판으로 제작된 캐러밴에 몸을 숨긴 채 병사들이 방패까지 꺼내며 방어에 최선을 다했다.

"한 번에 깨뜨려야 한다! 열 명씩 짝을 지어 공격한다! 플레임 스트라이크!"

"파이어 렌스!"

"죽어랏! 윈드 크러쉬!"

각가지 마법이 기간트 캐러밴을 향해 날아들었다. 완만한 포물선을 그리며 날아드는 마법들이 기사들을 향해, 연사 석궁을 날리고 있는 병사들이 있는 상층부를 향해 격하게 충돌해 왔다.

"숙여! 살고 싶으면 숙여라!"

고함을 지르며 병사들에게 숙이라고 외치는 장교들은 마법이 충돌을 일으키는 그 순간 방패에 마나를 주입하며 몸을 숨겼다.

콰앙! 콰콰콰콰쾅!

"으읍!"

"으아악! 뜨거워!"

"사, 살려줘! 아아악!"

화염이 머리 위에서 폭발하며 병사들을 덮쳤다. 수십 줄기의 마법이 날아들어서 폭발한 것이라 그 위력이 사뭇 어마어마했다. 방패로 막고 강철 프레임이 막아줌에도 화염은 그 사이를 비집고 들어가 병사들을 할퀴었다.

"불을 꺼라! 불을 꺼!"

"모포로 덮어! 불 꺼!"

한 번에 수십 명이 넘는 병사들이 화염에 휩쓸리며 전열에서 이탈했다. 뒤에서 대기하던 병사들이 일제히 달려들며 붙은 불을 끄느라 동분서주했다.

'으득! 마법사부터 죽여야겠어.'

자신도 마법을 사용하지만 적으로 마법사를 상대하니 가장 까다롭고 짜증나는 존재로 다가왔다.

'저놈이 우두머리인가?'

이안은 마법사들이 다시 캐스팅에 돌입하고 가장 강력한 마력을 뿜어내고 있는 존재를 노려봤다. 6클래스의 광역 마법을 준비하는 자로 하얗게 센 머리카락이 로브의 후드를 비집고 나온 약간은 음산하게 생긴 이였다.

"덤으로 옆에 놈들도 잡으면 좋지. 마나의 의지여, 파이어 스톰!"

후웅! 슈아아아앙!

이안의 손에서 시작된 불길이 공중에서 소용돌이쳤다. 그리고 커다란 폭풍이 되어 적 마법사들이 있는 곳으로 쏘아져 나갔다.

"고위 마법사가 있다! 모두 방어 마법을!"

한 마법사가 캐스팅하던 공격 마법을 캔슬하고 서둘러 방어 마법으로 다시 캐스팅했다. 6클래스의 화염 마법이 자신들을 덮쳐오고 그 위력이 어마어마한 것에 공포심에 휩싸였다.

"매직 배리어!"

"쉴드! 쉴드!"

이중으로 보호막을 걸고 서로 뭉치며 최대한 살기 위해 발버둥 쳤다.

"어림없는 수작! 파이어 스톰!"

우연찮게도 상대방 마법사도 똑같은 파이어 스톰으로 이안이 날린 마법에 맞섰다. 화염의 폭풍이 맹렬하게 기세를 올리며 서로를 향해 충돌해 갔다.

'짓이겨 버려!'

이안은 마법력이 서로 충돌하자 정신을 집중하며 의념의 끈으로 연결되어 있는 화염의 폭풍에 강한 의지를 실었다. 초반에는 맹렬하게 서로를 이겨내기 위해 힘겨루기를 하더니 곧 막히던 느낌이 시원스럽게 뚫렸다.

"크윽!"

대번에 드러나는 승부의 결말은 너무도 허무하게 나버렸다. 상대방 마법사의 파이어 스톰이 이안의 마법에 의해 흩어져 버리며 오롯이 하나의 화염 기둥만이 소용돌이칠 뿐이었다.

'뭐지? 같은 클래스의 마법인데 이런 차이가?'

이안은 상대방 마법사의 파이어 스톰이 너무 약한 것은 아닌가 하는 생각이 들었다. 그러나 그가 모르고 있는 것은 공간의 검을 깨달으면서 얻은 심득은 7클래스의 마법사가 깨달아야 하는 공간의 심득과 비슷하다는 것이다. 6클래스의 단계에 머물러 있지만 모자란 마나만 충족된다면 바로 7클래스로 올라갈 수 있는 준비가 되어 있는 것이 자신임을 말이다.

"으헛! 마, 막아!"

"피해라! 맞으면 개죽음이야!"

마법사들은 6클래스의 마법이 서로 충돌하자 어느 정도 상쇄될 거라 생각했다. 그러나 더욱 기승을 부리는 화염의 폭풍이 덮쳐오자 기겁하며 도주하기 시작했다.

"으아아아! 살려줘!"

"크헉! 크아악!"

화염에 휩쓸려 미친 듯이 데굴데굴 구르며 몸에 붙은 불을 끄기 위해 몸부림을 쳤다. 그러나 꺼지지 않는 불길은 미처 피하지 못한 마법사들을 그대로 황천길로 보내 버렸다.

"당한 만큼 돌려주면 된다. 대인 마법으로 공격해! 파이어 렌스!"

"파이어볼!"

"라이트닝 스트라이크!"

무수한 대인 마법이 이안을 향해서 집중되었다. 이제는 다른 적들보다 이안을 잡는 것이 마법사들의 목표가 되어버렸다.

"장군을 도와라! 마법사를 죽여!"

"감히 장군께 위해를 가하려 하다니, 이거나 먹엇!"

연사 석궁병들은 이안을 죽이려고 마법을 캐스팅하는 마법사들에게 노성을 터뜨리며 연신 방아쇠를 당겼다.

"크흑! 뭔 놈의 사정거리가……."

"쉴드! 쉴드!"

"절반은 막고 절반만 공격해! 아니면 당한다!"

마법사들은 어떻게든 이안의 캐스팅을 방해하지 않으면

당한다는 생각에 조를 이루며 방어와 공격을 동시에 해냈다. 무섭게 날아드는 쿼렐이 쏟아지는 통에 자칫 고슴도치가 되어 죽어갈 판이라는 것이 그들을 단결시켰다.

'빌어먹을 놈들!'

수십 줄기의 마력이 오로지 자신을 노리고 날아들자 이를 바드득 갈았다. 5클래스의 마법도 섞여 있어서 캔슬을 해내기도 까다로웠다. 자칫 실패하면 고스란히 마법을 얻어맞을 것이니 말이다.

"별수 없지. 윈드 캐논!"

바람을 응축시켜서 쏘아 보내는 윈드 캐논은 서클이 올라가면 올라갈수록 개수가 늘어나는 장점이 있었다. 속사포처럼 쏘아져 나가는 바람의 대포가 날아오는 마법들을 요격해 나갔다.

쾅! 콰콰! 콰아아앙!

중간에서 요격당하는 마법이 공중에서 화려한 불꽃놀이를 만들어냈다. 화려하고 화끈한 화염의 폭발로 시야가 완전히 가려질 즈음 이안은 가까스로 자신에게 집중된 마법들을 해소할 수 있었다.

"지금이 기회다! 마법사들을 노려!"

"발사! 미친 듯이 날려!"

병사들은 이안이 마법을 모두 해소하자 기를 쓰고 마법사들에게 퀴렐을 날려 보냈다. 수백 발의 퀴렐이 무수한 검은 선을 만들며 마법사들을 향해 직격해 들어갔다.

지잉! 퍼엉! 지지징!

쉴드 마법으로 방어하는 마법사들은 한 대씩 얻어맞을 때마다 푸른 기운이 비산하며 꺼져가는 방어 마법에 질겁했다. 재차 마법을 펼쳐서 줄어든 방어막을 보충하려 했지만 또 다른 강맹한 기운이 날아드는 것을 느꼈다.

"피, 피해!"

"으아아아! 살려줘!"

강 건너에서 쏟아진 마동포의 공격이 그대로 마법사들을 덮쳤다. 비명을 내지르며 비산하는 마법사들의 신체가 바람의 마법에 의해 그대로 찢겨져 나갔다.

"마, 마동포다! 산개하라! 산개!"

마동포로 철환을 쏘지 않더라도 그 마법만으로도 충분한 위협이 된다는 것을 로크 제국의 병사들은 잘 알고 있었다. 에어 블래스터 마법은 공기를 응축시켜서 폭발하도록 만든 탓에 그 폭발력이 포신을 타고 한곳으로 쏟아졌다. 5클래스의 마법인 에어 블래스터가 5번 응축되어서 터질 때 그 위력은 상상을 초월했다.

"마동포 재장전! 자유 포격을 가하라!"

"퍼엉!"

하천의 건너편에서 모습을 드러낸 마동포 포수들과 그들을 보호하기 위한 병력이 우렁찬 외침을 토했다. 한꺼번에 수백 명을 날려 버린 그들의 등장에 쥬베인 후작은 겁이 덜컥 나기 시작했다.

'이대로는 당하고 만다! 돌파구를 찾아야 해, 돌파구를!'

뒤쪽에서 밀려오고 있을 기간트 부대가 적어도 30분 안에는 뒤쪽부터 치고 올 것이 분명했다. 척후대의 보고에 따르면 1시간 거리에서 쫓아오고 있다고 했으니 틀림없을 것이다.

"맨 좌측을 뚫어라! 이대로 강행 돌파한다!"

"명!"

쥬베인 후작은 마동포까지 동원된 매복에 승산이 없음을 깨달았다. 살기 위한 선택으로 맨 좌측의 하천에 닿아 있는 기간트 캐러밴을 지목하며 강행 돌파를 외쳤다. 절벽 위에서 쏟아지는 화살과 캐러밴에서 쏘아지는 쿼렐, 그리고 하천 건너의 마동포로 쑥대밭이 되고 있었다. 지옥과도 같은 이곳을 한시라도 빨리 탈출하는 것만이 최선이었다.

"제가 길을 열겠습니다. 따르십시오!"

"부탁하겠네, 페건 자작!"

후작가의 기사단장이자 최상급의 익스퍼트인 페건 자작이 길을 열기 위해 전마를 몰아갔다. 그동안은 쥬베인 후작을 지키기 위해 주위에 머물러 있었지만 상황이 나설 수밖에 없도록 만들었다.

"가자! 서둘러라!"

쥬베인 후작은 마법사들과 싸우느라 정신이 없는 이안을 피해서 도망가며 눈알을 부라렸다. 반드시 복수하겠다는 원독 어린 시선을 남긴 그는 모든 것을 버린 채 도주를 선택했다.

"혼자 도망가면 그만이라는 건가? 병사들은 내버려 두고?"

이안은 쥬베인 후작과 그와 함께한 귀족들이 움직이는 것을 곁눈질로 살피고 어이가 없었다. 지금 자신을 붙잡고 있는 마법사들의 수는 처음의 절반으로 떨어진 상태였다. 마동포 공격에 휩쓸려 또 10여 명의 마법사가 죽어나간 탓이다.

'빠르게 정리하는 것이 관건이로군.'

후작의 작위를 가진 귀족을 잡는다면 나중에 요긴한 패로 사용할 수 있었다. 반드시 잡아야 할 존재라 생각하니 조금은 마음이 급해졌다.

'아니야. 이럴 때일수록 침착해야 해.'

곧바로 자신의 실수를 깨닫고 호흡을 골랐다. 그리고 마동포 공격에 군데군데 비어버린 적진을 살핀 후 외쳤다.

"맥컬리! 지휘를 맡아!"

"알았다! 고생해!"

맥컬리는 이안이 지휘를 맡기는 이유를 잘 안다는 듯이 대답하며 우렁찬 외침을 토했다.

"적장이 도망간다! 조금만 더 힘을 내라! 놈들이 못 올라오게 파이크로 찍어!"

병사들의 사기를 돋우기 위해 외치는 그의 음성은 시간이 지날수록 거칠게 변했지만 병사들에게는 용기를 돋우는 음성이 되어주었다.

"비켜라!"

쉬릿! 슈슈슈슈슈슛!

이안은 캐러밴에서 뛰어내려 곧장 적의 기사들을 향해 치고 나갔다. 오러가 가득 실린 검세가 사방으로 퍼져 나가고 막으려던 기사들은 비명도 지르지 못하고 반으로 갈라지며 죽음을 맞이했다.

"한 번에 달려들어야 한다! 모두 덤벼!"

한 기사의 외침에 캐러밴을 점령하기 위해 뛰어오르던 자들이 물러나며 이안에게 검을 휘둘렀다. 사방에서 불나방처럼 날아드는 그 공격에 이안은 가볍게 검을 놀리며 간결한 동작으로 해소해 냈다.

'나의 공간 안에 들어온 것들은 모조리 갈라낼 수 있다!'

이안은 자신의 공간지검을 유감없이 펼치며 검과 검 사이를 누볐다. 사방에서 쏟아지는 공격과 육탄 돌격에도 물이 흐르듯이 여유롭게 그 사이를 빠져나갔다.

"으으, 괴물이다."

"마스터라도 이 인원이면 잡을 수 있을 거라 여겼건만……."

기사들은 이안이 보여주는 퍼포먼스가 화려하거나 강력함을 느낄 수 없는 아주 간결하고 부드러운 동작이라고 생각했다. 그러나 그 동작만으로도 자신들이 한꺼번에 공격하고 덮쳤음에도 여유롭게 튕겨내고 흘러버리는 것에 감탄했다. 그리고 툭툭 치듯이 한 사람씩 상대하는데 그 일검에 여지없이 아군의 목이 날아갔다.

'화려한 검식보다 공간에 대한 체득만으로도 능히 적을 상대할 수 있겠다.'

이안은 수십 명이 넘는 기사를 상대로 싸우며 자신의 검술에 대해 짧게나마 정리했다. 그리고 그 정리를 바탕으로 더욱 빠르게 화려한 공간의 검술을 구사하기 시작했다.

"도, 도망가라!"

"미, 미친!"

빙글빙글 원을 그리며 휘돌고 폭발하듯이 쏘아져 나가며 걸리는 존재들을 한 번에 갈라 버리는 무지막지한 오러에 기사들은 경악성을 터뜨렸다.

"화려하다. 너무나 지독하게 화려해."

한 기사는 넋을 놓고 이안이 그려내는 검세를 쳐다보았다. 그리고 그 검세들이 만들어내는 화려한 빛의 향연에 담긴 패도적인 기운에 질려갔다.

"죽어랏! 라이트닝 스트라이크!"

파츠츠츠츠측!

이안이 기사들을 도륙하고 있는 사이, 마법에서 밀린 마법사들을 이끄는 자이자 6클래스의 마스터인 발롱은 기회를 노렸다. 그러다 기사들에게 정신을 쏟느라 자신들에게 신경을 쓰지 않는 이안에게 가장 강력한 대인 마법을 날렸다. 마법진에서 만들어진 백광이 강맹한 힘을 담은 채 순식간에 거리를 격하고 날아들었다.

"이미 알고 있었다. 오러 뷰렛!"

이안은 공간의 검술을 펼치며 자신의 기감이 지배하고 있는 곳 안에 있는 모든 것을 감지하고 있었다. 눈으로 보는 것처럼 방원 수십 미터가 넘는 공간을 모두 살피고 있었기에 발롱의 기습에 미리 대비했다.

콰쾅! 슈칵!

뇌전을 그대로 갈라 버린 오러 뷰렛이 약간 방향이 틀어진 채 다른 사람들을 관통해 버렸다. 한 번에 일직선상에 존재하는 십여 명의 적이 끈 떨어진 연처럼 무너져 내렸다.

"헉! 어, 어떻게……!"

발롱은 순식간에 거리를 격하고 쇄도한 이안의 검이 자신의 목을 향해 날아드는 것에 기겁했다.

"블링크!"

당황스러웠지만 어떻게든 살아야 한다는 의지가 그를 블링크 마법을 사용하도록 만들었다. 순식간에 공간의 틈으로 빠져들어 가는 그의 신형이 완전하게 모습을 감추려는 찰나였다.

쉬잇! 스스스스슷!

"잠이나 푹 자두라고!"

흐릿하게 변해가던 발롱의 몸이 도로 또렷해졌다. 마법 그 자체를 갈라 버린 이안의 검 때문에 블링크 마법이 실패로 돌아가고 발롱이 도로 공간의 틈에서 튀어나온 것이다.

"컥! 끄륵……."

발롱은 복부에서 느껴지는 지독한 통증과 갑자기 아득해지는 둔통에 극악의 고통을 호소하며 무너져 내렸다.

'고위 마법사이니 잡아두면 쓸모가 있겠지.'

이안은 쓰러진 발롱을 발로 차서 들어 올린 후 곧장 치열하게 싸우고 있는 동료들이 있는 곳으로 집어 던졌다.

"토리! 받아라!"

"잉? 아, 알았다."

토리는 갑자기 수십 미터 밖에서 이안이 뭔가를 집어 던지자 깜짝 놀랐다. 그리고 그 정체가 사람이라는 것에 눈을 동그랗게 뜨고 최선을 다해 발롱을 받아냈다.

"야! 갑자기 사람을 집어 던지면 어떻게 해!"

"미안! 그럼 수고~"

피식 웃어 보인 이안은 다시 적들을 도륙하며 도망가고 있는 쥬베인 후작을 추격했다. 발롱이 잡힌 이후 마법사들도 뿔뿔이 흩어져 도망을 치기 시작한 탓에 굳이 그쪽으로 갈 이유가 사라져 버렸다.

"헉헉! 어서 가자! 어서!"

쥬베인 후작은 거의 학살당하다시피 하는 부하들을 뒤로한 채 꽁무니를 빼고 있었다. 기사들이 날아오는 쿼렐과 화살들을 막느라 몸을 날리는 중에도 오직 자신의 안위만 챙기기에 바빴다.

"주군! 하천으로 빠져나가야 할 것 같습니다!"

"하천으로? 아, 알았다."

하천에 걸쳐서 가로막고 있는 기간트 캐러밴 탓에 길이 없어서 하천으로 뛰어들어야 할 판이었다. 쥬베인 후작은 살아야 한다는 일념으로 그대로 말을 몰아 하천으로 달려들었다.

쎄에에엑! 콰앙! 후드드드득!

하천 너머에서 여유롭게 학살극을 벌이던 포병들은 일단의 무리가 하천으로 뛰어드는 것을 보고 마둥포를 갈겼다. 일단 자신들이 있는 곳으로 오는 것을 막기 위함이 컸지만 그 효과는 즉각 나타났다.

"이, 이런……."

"계속 가셔야 합니다. 시간이 없어요."

"알았다. 가자!"

쥬베인 후작은 뒤에서 채근하는 기사들의 아우성에 다시 놀란 말을 진정시키며 하천으로 재차 뛰어들었다.

"거기 서라!"

강력한 외침과 함께 멀리서 거센 기운이 미친 듯이 다가왔다. 놀란 눈으로 그 장본인을 살피는데 거센 기운의 장본인은 손에 든 검에서 눈을 시리게 만들 정도로 오러를 뿜어내고 있는 이안이었다.

"주군, 먼저 가십시오! 제가 뒤를 맡겠습니다!"

"부, 부탁하네."

쥬베인 후작은 뒤를 맡겠다는 기사단장의 외침에 다른 귀족들과 함께 뒤도 안 돌아보고 줄행랑을 쳤다. 그러자 보디가드로 남아 있는 최고의 실력을 가진 기사 10여 명이 패건 자작을 따라 이안을 향해 불나방처럼 달려들었다.

'빨리 끝내야 한다. 너무 피해가 커!'

이안은 독립여단의 병사들이 죽는 것이 너무도 아까웠다. 분명 학살에 가까운 전투였지만 그래도 희생자는 나오게 마련이고, 그것을 막는 것이 자신이 해야 할 임무였다.

"쓰러져라! 흐랏!"

최후의 초식을 시전하는 이안의 신형이 거대한 태산처럼 패건 자작과 기사들을 덮쳤다. 거대한 오러의 검이 그대로 패건 자작의 몸을 폭사시키며 다른 이들까지 쓸어버렸다.

"어딜 도망가려 하느냐!"

일검에 상급 이상의 기사들을 날려 버린 이안은 미친 듯이 말을 몰아가는 쥬베인 후작을 향해 버럭 소리를 질렀다. 하천의 물살 때문에 생각보다 속도를 낼 수 없던 쥬베인 후작은 그 외침에 기겁했다.

첨벙!

"으아아아! 사, 살려줘!"

낙마한 쥬베인 후작은 무거운 갑옷 탓에 물속으로 가라앉자 팔을 허우적거리며 살려 달라고 외쳤다.

"거지발싸개 같은 놈!"

이안은 자신의 안위만 챙기는 쥬베인 후작에게 살기 어린 음성을 토하며 신형을 날렸다. 물에 닿기 무섭게 재차 발을 옮기며 물 위를 걷는 신위를 선보인 그는 거의 가라앉기 직전의 쥬베인 후작의 목덜미를 잡아챘다.

"받아라!"

이안이 던진 쥬베인 후작이 공중을 날아 허우적거리며 기
간트 캐러밴 위로 떨어져 내렸다. 이안의 싸움을 지켜보던 후
미의 병사들은 쥬베인 후작이 떨어지자마자 일제히 달려들었
다.

"꼼짝 마!"

"움직이면 아주 난도질을 해줄 것이여, 내가!"

병사들의 검과 창이 쥬베인 후작의 전신을 완전히 뒤덮어
버렸다. 손끝 하나 움직일 수 없게 된 쥬베인 후작은 아득해
지는 정신을 놓으며 그대로 혼절해 버렸다.

"쥬베인 후작이 사로잡혔다! 항복하라! 항복하면 살 수 있
다!"

이안이 쥬베인 후작이 잡혔다는 것을 알리며 항복을 권하
자 학살을 당하는 입장이던 쥬베인 후작가의 병사들과 다른
귀족가의 병사들은 저항을 포기했다. 지켜야 할 존재가 사라
진 마당에 싸울 이유를 잃어버린 것이다.

—나는 괜찮다. 그러니 안심하렴.

"곧 갈 테니 짐을 싸도록 하세요."

이안은 부친인 레이너 남작과의 마법 통신을 주고받는 중

이다. 쥬베인 후작가와의 전투를 승리로 이끌고 부족하던 군량까지 넉넉하게 챙긴 터라 여유가 생겼다. 그 덕분에 이삼일 정도의 여유를 부친을 위해 쓸 생각이었다.

─괜찮다고 하는데 그러는구나.

"하지만… 아버지!"

─아아! 네가 무슨 걱정을 하는지 알고 있다. 하지만 나는 레이너 남작이고 우리 가문은 예전 이 남부지방을 호령하던 가문이라는 것을 명심해라.

"끄응…….."

시밀로프 후작가에 의해서 밀리고 밀려 몰락해 가던 가문은 이안의 등장 이후 급속도로 세를 회복해 나갔다. 교류를 끊은 가문들이 이안을 감안하여 굽히고 들어오며 예전의 관계를 회복하기를 원했다. 그런 관계들을 통해서 세를 더욱 크게 불린 레이너 남작은 지금 남부 지역에서 방귀 깨나 뀌는 위치까지 올라와 있었다.

─다아크 공작의 매국 행위를 전해 들은 일부 귀족들이 우리 가문과 뜻을 함께하기로 했다. 그들이 합류하면 능히 이겨낼 수 있어. 그러니 걱정하지 말거라.

"알겠습니다. 그래도 기간트가 부족할 테니 제가 가도록 할게요. 그건 막지 마세요. 아셨습니까?"

이안의 말에 통신구 너머의 레이너 남작은 흐뭇한 미소를 입가에 걸었다. 아들이 장성하여 아비인 자신을 걱정해준다는 것에 흐뭇해하지 않을 아비는 없을 것이다.

─알았다. 그럼 언제 오는 거냐?

"내일 중으로 도착할 겁니다. 그러니 무슨 일이 있으면 바로 연락 주세요."

─알았다, 알았어. 하하하! 그럼 내일 보자꾸나.

환하게 웃으며 연락을 끊는 레이너 남작의 모습이 사라지자 이안은 고개를 좌우로 틀며 경직된 근육을 풀었다. 그리고 의자에 기대앉으며 이틀간의 싸움 탓에 쌓인 피로를 풀었다.

'정말 피곤하네. 후우……'

누구에게도 하소연할 수 없는 자신의 자리가 정말 싫다는 생각이 들 정도이다. 아직은 모두의 기대감이 자신에게 집중되는 것이 부담스러웠다.

똑똑!

"응? 들어와."

이안은 멍하니 앉아 있다가 방문을 두드리는 소리에 도로 눈을 뜨며 말했다. 문이 열리고 안으로 들어오는 사람은 로이건 자작으로 의외의 방문이었다.

"하하! 여기까진 어쩐 일이세요?"

"주군께 허락을 구할 일이 있어서 말입니다."

"내게 허락을요? 말씀해 보세요."

이안은 아레나의 던전에서 연구에 매진하고 있을 로이건 자작이 자신을 찾아와 허락을 구한다고 하자 조금 의아함이 일었다.

"예전에 말씀드린 마법사들의 충원 문제 말입니다만."

"마법사의 충원이라면… 아! 용병 마법사들을 끌어들이는 것 말씀이죠?"

"그렇습니다. 그 문제로 허락을 받아야 할 것 같아서 그럽니다."

로이건 자작에게 거의 전권을 허락한 것 같은데 따로 허락을 구한다고 하니 살짝 의문이 들었다.

"레이첼 님의 마법서를 용병 마법사들에게 개방해도 되겠습니까?"

"그건 허락을 한 거 아니었나요?"

"끄응, 그게 너무 많은 마법사들이 몰려서 말입니다."

이안의 영지로 찾아오는 마법사의 수가 갑자기 많아졌다는 것을 이안은 아직 모르고 있었다. 예전 헥토르 후작의 영지이던 곳까지 몰려드는 마법사들은 뜬소문처럼 퍼진 레이첼의 마법서를 찾아왔다. 연줄 연줄로 로이건 자작과 연결된 이들은 독립여단 주둔지로 찾아왔지만 나머지는 영지에서 애타게 찾아다니는 중이다.

"수가 얼마나 되기에 그러는 겁니까?"

"4클래스 이하의 마법사는 100여 명이 넘습니다. 고위 마법사는 8명이고 말이죠."

고위 마법사는 5클래스 이상의 마법사를 지칭할 때 쓰는 용어이다. 그러니 5클래스 이상의 마법사만 해도 엄청난 전력이 찾아온 것이라 할 수 있었다.

"휘유! 대단하네요."

"물론입니다. 9클래스의 대마법사가 남겼다는 마법서를 접할 수 있다면 바로 내일 죽으라고 해도 죽을 수 있는 자들이 마법사라는 걸 아시지 않습니까."

"하긴……."

마법사들이 갑자기 몰려든 것은 정보길드를 통해 퍼진 소문이 뒤늦게 힘을 발휘한 탓이 컸다. 거기다 락토르의 상황에 힘을 보태고자 하는 자들까지 더해져 제법 많은 수가 몰려든 것이다.

"자작님께 모든 권한을 드렸으니 알아서 하십시오. 후후후!"

이안이 '나는 너를 믿는다'는 미소를 지으며 말하자 로이건 자작은 감읍한 마음에 고개를 숙였다.

"감사합니다, 주군!"

"뭘요. 로이건 자작님이라면 능히 레이첼 님의 유진을 이

어받을 수 있을 거라 믿어요, 난!'

"아, 감사합니다."

로이건 자작은 자신을 믿어주고 억만금을 줘도 사지 못할 레이첼의 마법서까지 베풀어준 이안에게 다시 한 번 충성을 맹세했다.

"참, 요즘 진전은 좀 있으신가요?"

이안은 로이건이 6클래스에서 10년 넘게 머물러 있다는 것을 생각하고 실마리를 잡았는지 물었다.

"아닙니다. 아직……."

로이건이 어두운 안색으로 말을 끝자 이안은 별것 아니라는 투로 자신의 심득에 대해서 이야기했다.

"제가 해보니 공간을 깨닫는 것이 중요하더군요. 공간의 검을 깨닫고 그걸로 적들을 상대하면 공간의 제어가 무서운 힘을 발휘하더라구요. 공간의 제어는……."

담담히 자신의 심득을 풀어놓는 그 말에 로이건 자작은 정신이 번쩍 드는 느낌이다. 그리고 알 수 없던 그 무언가가 머릿속에서 터져 나가는 것을 느꼈다.

'공간의 제어… 아!'

로이건 자작은 갑자기 강렬한 기운을 뿜어내며 무아지경으로 빠져들어 갔다.

"헐, 이거야 원…"

자신의 심득을 듣고 로이건 자작이 7클래스로 올라서려 한다는 것을 알아챈 이안은 환한 미소를 지으며 방문을 걸어 잠갔다. 마도사 한 명이 이안의 수하에서 등장하는 순간이었다.

8장

요새가 위험하다고?

전쟁이 격화되면서 갑자기 사람들이 몰려들었다. 마법사들도 그렇고 드워프 부족도 2개 부족이나 헬카이드 산맥에 자리를 잡았다. 거기에 락토르의 마지막 보루라는 것이 알려지면서 찾아오는 자유기사가 하루에도 수십 명에 달했다.

"주군, 기사단의 수를 늘려야 할 것 같습니다."

제니스는 기사단장으로서의 역할을 훌륭하게 해냈다. 그러나 자유기사들이 찾아와 이안의 영지 기사로 등용을 청하는 것이 늘어나자 점점 그 한계를 드러냈다.

"기사단을 늘리자……. 지원자가 그리 많나?"

"현재 200명을 넘어섰습니다."

"헐! 벌써?"

"기사단의 정원이 100명인데 지금 같아서는 바로 제3기사단까지 늘려도 무방합니다."

"으음, 벌써 그렇게 됐다니……."

이안은 제니스에게 모든 것을 맡기고 전쟁에만 신경을 썼다는 것을 자책했다.

"그럼 단장을 맡을 사람이 필요할 텐데 인선은 된 건가?"

"물론입니다. 부단장을 맡던 두 사람을 각기 단장으로 임명할 생각입니다."

이안은 제니스에게도 자신이 익힌 브레이브 소드를 간결하게 해석한 6초식의 검술로 만들어 전수했다. 본 검술보다는 위력이 많이 약해졌지만 상급 검술의 위력을 보였다.

"그럼 그렇게 하는 걸로 하지."

"바로 제3기사단까지 증원하도록 하겠습니다."

기사단을 맡은 단장들의 임무가 막중해질 것이다. 자신이 신경 쓰지 못하는 동안 검술의 전수부터 기사단으로서의 훈련까지 도맡아서 해야 할 것이기 때문이다.

'후우, 검술을 전수하는 것은 문제가 아니지만… 여러 가지가 걸리는구나.'

첩자의 존재도 생각해야 하고, 검술만 배운 다음 기사단을 떠나 자신의 검술이 세상에 알려지는 것도 문제였다. 모든 것을 의심하면 그 끝이 없다는 생각에 털어내려 했지만 앙금처럼 남은 것은 끝내 떨쳐내지 못했다.

똑똑!

"들어오세요."

이안은 강맹한 마나의 기운이 바깥에서 다가오는 것에 누가 왔는지 알아챘다. 아직 기운을 갈무리하지 못하는 것을 보면 새롭게 7클래스에 올라선 로이건 자작일 것이다.

"주군, 감사드립니다!"

로이건 자작은 이제는 40대 초반이라고 해도 믿을 만큼 젊어진 모습으로 이안에게 무릎을 꿇었다. 깊고 현묘해진 눈빛과 강렬한 안광은 그가 경지를 넘어선 것을 드러내고 있었다.

"축하합니다. 이제 마도사의 반열에 올랐습니다. 로이건 자작님!"

자신을 주군으로 따르는 로이건이지만 나이도 그렇고 오랜 선배로서 동반자로 여기는 이안이다. 그래서 다른 이들과는 다르게 서로 존칭하며 상대의 격을 인정해 주었다.

"정말 주군의 은덕에 감사, 또 감사합니다. 덕분에 7클래스에 올라섰습니다. 하하하!"

진심 어린 감사의 말을 하는 로이건 자작을 보며 이안은 따스한 미소를 지으며 그의 손을 맞잡았다. 따뜻한 온기가 서로에게 전해지고 동지로서 함께 길을 걷는 자의 마음이 그 온기를 타고 흘렀다.

"제 덕분이라니요. 다 로이건 님이 이룬 성취인 것을요."

"공간의 제어라는 말을 듣자 그간 제가 알지 못하던 것들을 깨달을 수 있었습니다. 그리고 그 말과 함께 레이첼 님의 마법서 내용을 떠올리자 공간이 뜻하는 것이 무엇인지 확실하게 보이더군요. 하하하!"

검술은 선과 면에서 출발하지만 결국 공간으로 나아가게 된다. 그리고 더욱 나아가면 공간을 제어하여 자신만의 공간을 만들고 그 공간 안에 적들을 가두며 제압하는 것을 추구하게 되는 것이다. 마법 역시 그렇게 1차원에서 출발하여 고차원으로 올라가게 되는데 그것을 이제야 깨닫게 된 로이건이다.

"아 참, 그동안 레이첼 님의 마법서를 연구하면서 깨닫지 못한 것을 이제는 어느 정도 알 것 같습니다."

"마법서라면… 어느 부분을 말씀하시는 겁니까?"

이안은 마법서라는 말에 호기심을 드러냈다. 마법적인 능력은 이제 로이건이 자신을 앞지르게 됐으니 그의 심득이 궁금한 것이다.

"마법진의 배치에 관한 것입니다. 공간의 제어를 연결시키니 그렇게 만들어야 하는 이유가 있더군요. 이제는 조금 더 효율적인 마나 코어를 만들어낼 수 있을 겁니다. 기대해 주십시오."

"그래요? 그거 잘됐네요. 후후!"

이안은 더욱 발전된 마나 코어를 만들 수 있을 거라는 말에 반색했다. 안 그래도 자신의 힘으로 마나 코어를 만드느라 잠을 자지 못하는 나날이 많았다. 마스터의 강인한 신체와 정신력, 그리고 회복력이 아니었다면 진즉에 과로로 쓰러졌을 것이다.

"돌아가는 즉시 제게 떠오른 것들을 한번 만들어보도록 하겠습니다. 그리고 허락해 주신 대로 마법사들의 합류 문제도 제가 알아서 하겠습니다."

"그렇게 하세요. 그리고 합류하는 마법사들의 인격적인 부분을 잘 관찰해서 합류시키도록 하세요. 아무리 실력이 뛰어나도 배신하는 자들은 애초에 배제시켜야 하니까요."

"그건 염려 마십시오. 마나의 맹세를 시킨 후에 합류시킬 테니까 말입니다."

"그거라면 믿을 수 있겠네요."

마법사가 마나에 대한 맹세를 하고 난 후 그 약속을 어기면 마나의 버림을 받게 된다. 그래서 마법사는 절대 거짓말을 하지 말라는 교육을 받는다. 언어에는 사람의 의지가 담겨 있고, 그 의지가 커지면 커질수록 언령의 힘을 갖게 되기 때문이다. 언령의 힘을 얻기 위해서 수련하는 자들이 거짓을 입에 담으면 그 길에서 멀어지는 것이니 절대 해서는 안 될 일이었다.

"주군, 할 일이 갑자기 많아져서 먼저 일어나겠습니다."

"로이건 님이 고생 좀 해주세요. 모든 것은 훗날 보답할 날이 있을 겁니다."

이안이 로이건의 손을 따스하게 잡으며 재차 신뢰를 보내자 그는 미소를 지어 보인 후 자리를 떠났다. 제니스 역시 같이 나서며 자신이 더 노력해야 한다는 각오를 다졌다. 로이건을 보며 안일하던 자신의 지난날을 되돌아본 것이다.

징! 징! 징! 징!

갑작스럽게 울리는 마법 수정구에 이안은 아무 생각 없이 마나를 불어넣었다. 그리고 수정구에 모습을 드러낸 인물을 보고 깜짝 놀랐다.

'으잉, 이 노인네가 어쩐 일이지?'

이안이 의외라고 생각한 것은 마법 통신을 해온 사람이 진짜 엉뚱한 인물이었기 때문이다.

─그간 잘 지냈나?

"끄응, 후작님이 어쩐 일입니까? 이젠 적인데 사사롭게 통신을 할 이유가 없을 텐데요."

통명스럽게 반응하는 이안을 보며 수정구 너머의 카린 후작이 껄껄거리며 웃었다.

―껄껄껄! 너무 박대하지 말게나. 한때는 같이 싸우던 동지인데 말이야.

"흥! 그 인연이 아니었으면 바로 끊었을 겁니다."

―아네. 나도 알지. 암!

카린 후작이 연락해 온 이유를 몰라 이안은 안색을 고치며 슬쩍 그 이유를 물었다.

"무슨 일이십니까? 저랑 마법 통신을 한 것이 알려지면 후작님도 곤란하실 텐데 말이죠."

―황제 폐하의 뜻에 모든 귀족이 동의하는 것은 아니라네. 자네도 알 것일세. 지난 영지전이 왜 일어났는지 말이야.

"그거야… 후우… 알 것도 같네요."

로크 제국은 황제의 권한이 최고조에 달해 있는 상황이었다. 귀족들의 힘을 억압하며 황권을 강화시킨 탓에 지방의 귀족들이 숨도 제대로 쉬지 못하고 있음을 말이다. 지난 카린 후작과 같이 싸운 영지전도 황권을 강화하기 위해 황제가 은밀히 조장한 영지전이었음을 알고 있었다.

―이대로 가다가는 반대편에 선 귀족들은 모두 몰락할 수밖에 없는 상황이지. 그래서 돕지는 못하겠지만 어느 정도의 길은 알려주려 하네.

"그런가요? 선뜻 믿기에는 무리가 있다는 건 아시죠?"

이안의 의심은 지극히 당연했다. 비록 카린 후작을 비롯한 그쪽 라인의 사람들이 황제에 의해서 압박을 받고 있다는 것은 알지만 적국이라는 것 때문에 믿을 수 없다는 것을 말이다.

―알고 있네. 그래도 지금 말해주는 것은 확인을 해야 할 걸세.

"뭡니까, 그 확인해야 할 내용이라는 것이?"

이안은 카린 후작이 어떤 것을 확인해야 한다는 것인지 알 수 없었지만 결코 가벼운 사안은 아닐 거라 생각했다.

―이단 심판관이 파견된 것을 알고 있겠지?

"그야 지금 본국으로 오고 있다는 것을 들었습니다."

이단 심판관은 주신을 모시는 신성교국에서 파견된 것이다. 그들은 락토르의 국왕이 마계의 문을 열기 위해 사특한 흑마법을 사용했는지에 대한 판결을 내리기 위해 오고 있었다. 전쟁에서 이긴다고 해도 그들의 판결에 의해서 뒤집어질 수도 있는 문제였다.

―그들이 바꿔치기 당할 거라는 소문이 돌고 있네.

"바꿔치기를 당하다뇨? 그게 말이 됩니까?"

―아마 국경을 넘을 때 살해당하겠지. 그리고 그 책임을 락토르 측에 덮어씌울 테고 말이야. 그다음은 제국에 충성하는

추기경급 인사가 대신 이단 심판을 진행할 거라는 내용이네.

"끄응, 그런……."

진짜 욕 나올 정도로 야비한 수를 서슴지 않고 사용하는 로크 제국이다. 그런 나라를 200년간 맹방이라 믿고 따른 락토르 왕실과 귀족들에게 분노가 치밀었다.

─내가 해줄 말은 그것뿐일세. 자네의 나라를 지키려면 반드시 확인해야 할 거네.

"으음, 왜 이런 사실을 알려주시는 겁니까?"

─간단하지. 이 전쟁에서 황제가 이기면 그다음은 우리 차례일 테니까 말이야. 흐흐흐!

카린 후작의 말에는 상당히 씁쓸한 기색이 감돌았다. 믿고 따라야 하는 황제가 자신들을 제거하려고 한다는 것에 대해 비애가 담긴 그 말에 이안도 더는 묻지 않았다.

'적의 적은 친구라는 건가? 거참, 세상사 어렵다, 어려워.'

이안은 고개를 절레절레 내저으며 카린 후작과의 마법 통신을 끊었다. 지금은 그의 말을 믿을 수도, 또 안 믿을 수도 없으니 이단 심판관에 대한 것을 확인하고 난 후 다시 연락할 생각이다.

'이단 심판관이 어디까지 왔는지도 알아봐야겠군. 분명 이단 심판관을 제거하려면 락토르 국경 안으로 들어오고 난 다음에 처리하려 할 테니 말이야.'

로크 제국의 경내에서 제거되면 락토르의 소행이 아닌 로크의 소행이라는 것을 의미한다. 비록 진짜 락토르의 결사대가 죽인다고 해도 덤터기는 로크가 쓰게 되어 있었다. 그러니 자신들의 경내에서 건드리는 우를 범하지는 않을 것이다.

"하, 할 일도 많은데 사방에서 일이 밀려드는구만. 바쁘다, 바빠."

이안은 투덜거리며 이단 심판관이 어디쯤 오고 있는지 알아내기 위해 샐리에게 연락을 취했다. 자신들은 정보가 통제되고 있는 상황이니 정보 조직을 그나마 유지하고 있는 샐리에게 의존할 수밖에 없었다.

─주군, 오랜만이에요. 아 참, 승전을 축하드려요. 호호호!

샐리는 연락을 받자마자 승전한 것을 축하했다. 하루도 되지 않았음에도 왕성까지 알려졌음을 감안하면 상당히 소식이 빨리 퍼졌다는 것을 알 수 있었다.

"고맙다. 특별히 알아봐 줬으면 하는 것이 있어서 연락했어."

─뭔가요?

"이단 심판관이 어디쯤 오고 있는지 알아봐 줘야겠어."

─이단 심판관이요? 그건 왜죠?

이단 심판관은 크리스토퍼 대공이 락토르를 침공하면서 동시에 파견이 결정되었다. 마계의 문을 열려고 했다는 죄목을 붙였기에 그에 대한 조사는 반드시 이루어져야 했다.

"로크 제국에서 그들을 제거하려고 한다는 이야기를 들어서 말이야. 그리고 자신들 편에 선 추기경을 내세워서 죄목을 확정 지을 생각이라고 하더군."

―아, 알겠어요. 지금 바로 알아볼게요.

"그래, 지급으로 연락 줘."

이안은 샐리와 연락을 끊으며 이단 심판관들이 조금만 멀리 떨어져 있기를 바랐다. 부친인 레이너 남작을 구하러 가야 하고 그 외에도 할 일이 너무도 많았기 때문이다.

"이제 2군단은 윈터폴 요새로 가겠네."

위험이 일단 제거된 독립여단의 주둔지는 충분히 방어할 수 있다는 결론이 났다. 그래서 2군단을 윈터폴 요새로 보내 크리스토퍼 대공군이 혹시라도 북상하는 것을 막기로 결정했다.

"최대한 막는 것에만 주력해 주십시오. 독립여단은 혹시 모를 로크 제국의 다른 군대를 이곳에서 막아낼 테니 말입니다."

"알겠네. 수성만 한다면 충분하지 않을까 싶네. 거기다 체이스 제국의 원군도 곧 도착할 것이고."

체이스 제국의 군대도 국경을 넘을 준비를 거의 끝마친 상황이었다. 우선적으로 기간트 부대를 보내왔는데 라이더가 모자란 락토르의 상황 때문에 100여 기 정도만이 2군단에 배치되었다. 거기다 부서진 것들을 용광로에 녹여서 샤베른으로 만들려고 하던 것들 중에서 재생된 기간트까지 합해 170기에 달하는 기간트 전력을 가지고 윈터폴 요새로 가게 됐다.

"마동포를 많이 드리지 못해서 걱정되네요."

"하하! 기간트를 170기나 끌고 가는 마당에 그것까지 욕심 내면 내가 무안해지네. 걱정 말고 왕자 저하나 잘 모시게."

"후후! 그건 염려 마십시오. 그럼 무운을 빕니다."

"그래, 그럼 나중에 보세나. 전군, 출정하라!'

그레그 소장의 명령이 떨어지자 숫자가 늘어 8만 명을 꽉 채운 2군단이 윈터폴 요새를 향해 출군했다. 50대가 넘는 기간트 캐러밴을 앞세운 채 행군을 시작한 그들을 보는 것만으로도 엄청난 장관이 연출되었다.

'부디 이겨내야 할 텐데… 걱정이로군.'

전력은 많이 보충되고 강해진 것이 사실이다. 그러나 진짜 중요한 전력이 없는 2군단이 버텨낼 수 있을지는 의문이었다. 마스터와 마도사급의 존재들이 전쟁에서 얼마나 커다란 역할을 하는지는 이안 스스로가 잘 알고 있기 때문이다.

"저기요, 할 말이 있어요."

2군단이 출정하는 것을 끝까지 지켜보던 이안은 뒤에서 들려오는 목소리에 인상을 살짝 찌푸렸다. 식충이 비슷하게 전락해 버린 리타 때문이다.

"왜? 할 말이 있느냐?"

"네에. 저기요… 그러니까……."

"할 말이 없으면 관둬라. 시간이 아까운 사람이다."

"아니에요. 저… 그게 정말 중요한 일이거든요."

중요한 일이라는 말에 이안은 뚱한 표정으로 계속해 보라는 손짓을 했다.

"지난번에 다아크 공작이 우리 길드를 공격했잖아요."

"그랬겠지. 그러니 네가 나를 레알리스의 던전으로 유인한 것이고."

"헤헤, 그건 좀 그러니까 잊어버리자구요, 우리."

"퍽이나 잊히겠다."

"뭐 그건 중요한 게 아니구요, 정말 이게 중요한 거예요."

"해봐. 얼마나 중요한지 들어보게."

"저희 길드는 절대 원한을 잊지 않아요. 그래서 우리 나름 복수를 하려고 했거든요."

"복수라……. 다아크 공작에게 말인가?"

"네! 그래서 3대 신투로 불리는 길드의 어르신들이 모두 투입된 작전을 실행했어요."

"작전? 도둑들도 작전을 펼친다고 하나?"

"에이, 너무 그러지 마시라니까 그런다. 쳇!"

이안은 도둑들이 무슨 작전을 얼마나 대단하게 펼쳤는지 조금은 궁금해졌다. 그래서 리타가 계속 말하도록 손짓으로 유도했다.

"다아크 공작성을 털었는데 아주 중요한 무언가를 탈취했다고 해요. 그 연락만 오고 연락이 끊겼는데 말이죠, 제 생각에는 아주 중요한 것이 아닐까 싶어요. 그러니까……."

계속해서 중요하다는 말을 반복하는 리타를 보며 이안은 인상을 찌푸릴 수밖에 없었다. 그녀가 하려는 말은 간단하게 바꾸자면 다아크 공작의 성을 턴 동료들을 구해달라는 것이니 말이다.

"바쁘다."

"무, 물론 바쁘시겠죠. 그러니까 기사단하고 비공정만 빌려주시면 안 될까요? 네?"

리타는 비공정을 빌려달라는 말을 하고 싶었던 것이다. 자신이 직접 구조대를 이끌고 비공정을 타고 날아가 동료들을 구해올 심산인 것이다.

'얘가 정신이 있는 앤가? 거 참!'

이안은 재고의 가치가 없다는 판단에 싸늘한 눈빛으로 고개를 저었다.

"불가! 그러니 다른 방법을 찾아보도록!"

"아이, 그러지 말구요. 잘 생각해 보세요. 혹시 알아요. 그 탈취한 중요한 물건이 다아크 공작의 비밀을 밝히는 열쇠일 지 어떻게 알겠어요? 네에?"

아주 간곡하게 자신을 설득하는 리타를 보며 이안은 조금 씩 그 말에도 일리가 있다는 생각이 들었다. 아주 중요한 물 건이 아니라면 그녀가 속한 도둑 길드의 신투들이 추격을 받 다가 연락이 끊어지지는 않았을 것이니 말이다.

'흐음, 다아크 공작의 비밀이라……. 만약 그가 크리스토 퍼 대공과 사전에 모의한 증거라도 찾는다면 정말 대박인데 말이지.'

그런 증거가 있다면 남부의 귀족들을 다시 왕실 편에 서게 만들 수 있을 것이다. 그럼 조금은 수월하게 전쟁을 이끌 수 있다는 생각에 결심을 굳혔다.

"좋다, 시간을 쪼개보도록 하지. 바로 출발할 수 있도록 준 비하도록 해."

"정말요? 호호! 얼른 준비할게요! 잠시만 기다려 주세요!"

리타는 이안이 자신의 부탁을 들어준다는 것에 신이 나서 종종걸음으로 사라져 갔다. 그녀가 준비하는 동안 이안은 몇 가지 일을 처리해야 했다. 독립여단이 위험에서 벗어났다지 만 아직 준비해야 할 것도 많았고 만들어야 할 병기도 많았 다. 그것들 모두가 이안의 손을 거쳐야 하는 것들이기에 바쁘게 움직여야 했다.

"헤에! 좋다. 주인의 냄새."

에일리는 비공정을 타고 날아가며 이안의 품에 안겨 있었다. 코를 킁킁거리며 계속해서 냄새를 맡는 것이 수인족 다운 행동이 아닐 수 없었다.

"리타!"

"네, 마스터!"

리타는 이제 완전하게 이안을 마스터로 인정했다. 강제로 노예가 된 상황이지만 벗어날 길이 없다는 것을 깨닫고 최선을 다해 이안을 주인으로 모시기로 했다. 그래야 자신에게 씌워진 노예라는 굴레에서 벗어날 수 있다고 판단한 것이다.

"내가 알기로 도둑길드와의 끈은 완전히 끊어진 걸로 아는데 어떻게 연락이 된 거지?"

비공정을 타고 서부로 날아가며 이안은 궁금하던 것을 리타에게 물었다.

"헤헤! 그야 도둑은 세상 어디에나 존재하는 걸요."

"끄응, 도둑놈들 많아서 좋겠구나."

비꼬는 이안의 말에도 리타는 싱글벙글했다. 도둑길드는 나름 룰을 지키며 살아가는 것을 원했고 세상에 도움 되는 일도 제법 많이 했다. 물론 도둑질이라는 것 자체가 나쁜 일이기에 외부의 시선은 차가웠지만 말이다.

"가만, 그럼 내 영지 안에도 도둑길드가 만들어졌다는 건가?"

"당연하죠. 그게 아니면 제가 어떻게 연락을 받았겠어요."

"끄응, 돌아가는 즉시 처리해야겠군."

이안은 도둑길드가 자신의 영역 안에 있는 것을 극도로 꺼렸다. 모든 업무를 제니스에게 위임했다고 해도 치안에 대한 것은 그도 적잖이 신경 쓰는 부분이다.

"그러지 마세요. 제가 지부장인데요. 칫!"

지부장이 자신이라고 밝히는 리타를 보며 이안은 고개를 설레설레 내저었다. 자신에게 종속된 리타가 지부장이니 결코 나쁜 일은 하지 않을 것이다.

"그나저나 위치는 정확하게 알고 있겠지?"

"연락이 끊긴 곳은 알아요. 그곳부터 찾아야 할 거예요."

"방법은 있고?"

도주하는 자들을 추적해야 하는 일이다. 그것도 추격하는 자들이 모르게 해야 하는 거라 무척 어려운 작업이 될 것이다.

'이틀밖에 시간이 없는데… 그 안에 해결할 수 있을지 모르겠군.'

비공정을 리타에게 내줄 수는 없는 노릇이라 따라오기는

했지만 마음이 조급해지는 것은 어쩔 수 없었다. 그런 마음을 아는지 리타가 품에서 작은 동물을 꺼내놓았다.

"이 녀석이 찾아줄 거예요."

"우와! 너무 귀엽다. 이거 나 준다!"

이안의 품에서 멀뚱멀뚱 듣기만 하고 있던 에일리가 리타가 꺼낸 짐승을 보고 반색하며 손을 내밀었다.

찌찍! 쪼로록!

앙증맞게 생긴 짐승은 날개가 달려 있는 날다람쥐였다. 보통의 날다람쥐와는 조금 다르게 생기기는 했지만 그 범주에서 벗어나지는 않는 녀석이었다. 그래도 정말 앙증맞고 귀여운 외양에 호감이 갔다.

"그걸로 찾는다고?"

"도둑길드만의 방법이에요. 이 비전의 약물을 묻히면 이 녀석이 찾을 수 있거든요."

"아! 그런 방법이……."

"다른 동물은 절대 맡을 수 없는 냄새예요. 오직 이 녀석만 맡을 수 있죠. 헤헤!"

여러 가지 방법으로 추적할 수 있는 수단을 마련한 도둑길드에 박수라도 보내고 싶었다. 저런 방식이 있으면 절대 놓치지 않고 추적할 수 있을 것이다.

'여러모로 쓸모가 있겠어. 흐음.'

적을 일부러 풀어주고 뒤를 추적할 때 유용하게 써먹을 수 있는 방법이다. 반간계를 적에게 펼칠 때 괜찮을 것 같다는 생각에 꼭 얻어낼 작정을 굳혔다.

"후욱, 후욱! 지독한 놈들 같으니라고."

"흐흐, 그러니 이런 금수만도 못한 짓을 꾸몄겠지. 안 그런가?"

"그건 맞네. 제길."

세 사람은 도둑길드의 원로들로 삼대신투라고 불리는 이들이었다. 그중에는 리타를 키워낸 잭슨이라는 노인도 끼어 있었다.

크룽! 컁컁!

멀리서 들려오는 짐승의 울음소리가 점점 자신들이 있는 곳으로 다가왔다. 이미 사방에서 추격해 오는 적들을 피해 나흘이 넘는 시간 동안 필사의 탈주를 감행하는 중이다. 체력적으로, 그리고 또 그간 입은 상처로 인해서 버티기가 점점 어려워졌다.

"다시 가세. 이대로 죽을 수는 없으니."

"물론이네. 그 버러지 같은 놈의 가면을 벗기지 못하면 내 원통해서 눈을 감지 못할 게야."

"암! 힘들 내라고!"

세 노인은 욱신거리는 고통을 인내력으로 버티며 다시 발 걸음을 재촉했다. 서로를 부축하며 달아나는 그들이 사라지고 난 후 얼마 지나지 않아 일단의 무리가 나타났다.

"여기 머문 흔적이 있습니다."

"온기가 아직 남아 있군요. 길어봐야 5분?"

추적자들의 보고는 검은 로브를 걸친 자에게로 향했다. 그는 사이한 기운을 흩뿌리며 그 흔적들을 살피다 떨어진 핏방울을 찍어 혀에 가져다 댔다.

"얼마 못 버틸 것이다. 피에서 독 기운이 아주 진하게 느껴지는구나. 킬킬킬!"

흑마법사로 잭슨 일행을 추적하는 임무를 부여받은 그는 전날 그들에게 포이즌 마법을 걸었다. 어지간한 해독 스크롤로는 해독이 불가능한 그 마법에 당했음에도 지금껏 버틴 그들이 무척 대단하게 느껴졌다.

크릉! 컁컁!

지독하게 추하게 생긴 짐승이 굵은 쇠사슬에 묶인 채 추적자들의 손을 벗어나려 발버둥 쳤다. 금방이라도 뛰쳐나가려고 하는 놈을 컨트롤하며 다시금 길을 잡았다.

"이쪽입니다."

"가자. 얼마 가지 못했을 게다. 크크크!"

점점 독 기운이 강하게 느껴지는 것에 만족스러운 괴소를 흘리며 추격을 계속해 나갔다. 검은 로브를 걸친 흑마법사와 그를 따르는 일단의 무리는 민첩한 동작으로 사라져 갔다.

찌찍! 찌찌찍!

반나절 만에 서부로 진입한 이안은 갑자기 울어대는 날다 람쥐의 울음에 잠에서 깼다. 에고 시스템으로 움직이는 비공 정은 방향만 잡아주면 스스로 비행하는 터라 그간 자지 못한 잠을 늘어지게 잘 수 있었다.

"우웅! 다 온 건가?"

에일리는 이안이 깨어나자 덩달아 일어나며 늘어지게 기 지개를 켰다. 품에 안겨서 오랜만에 단잠을 잤음에도 불구하 고 여전히 눈에는 졸음이 가득했다.

"무슨 일이지?"

"포포리가 냄새를 맡은 거 같아요."

"포포리?"

"아! 이 아이의 이름이에요."

포포리라고 불린 날다람쥐는 200여 미터 상공에 떠서 이동 하는 비공정에서도 냄새를 맡는 위엄을 보여주고 있었다. 아 마 수백 미터가 떨어져도 그 냄새를 맡을 수 있도록 훈련을 받은 덕분일 것이다.

"포포리, 어디서 냄새가 나니?"

리타의 물음에 쪼르르 달려간 포포리가 울창한 숲 지대로 고개를 돌렸다. 그리고 그곳에서 냄새가 난다는 듯이 계속해서 울음을 토해냈다.

"어떻게 할까요? 여기부터 추적했으면 하는데."

리타의 말에 이안은 일단 비공정부터 멈추게 한 후 주변으로 기감을 퍼뜨렸다.

'기감으로 파악할 수 있는 범위 안에는 없다.'

아무리 뛰어난 도둑이라고 해도 마스터인 자신의 기감을 벗어날 수는 없을 것이다. 특히 추적자들이 붙어 있는 마당이니 그들은 애써 기척을 지우지 않을 것이고 말이다.

"하강하라!"

이안은 조종관에 손을 대고 비공정을 하강시켰다. 곧장 아래로 기우는 비공정이 부드럽게 내려앉으며 공터에 안착했다.

"포포리, 어서 찾아!"

찌찍!

작은 날다람쥐가 비공정에서 뛰어내리며 멋진 활강을 선보였다. 그리고 커다란 나무로 뛰어오르며 동북쪽으로 방향을 잡고 내달렸다.

"어서 가요."

"에일리, 따라가!"

"에일리 간다! 주인 따라온다!"

에일리는 이안의 말에 그대로 포포리를 추적해 나갔다. 달려가며 야수의 모습으로 변한 그녀는 엄청난 속도로 숲을 누비며 사라져 갔다.

'역시 숲에서는 수인족이 최고라니까.'

이안은 다시 비공정을 몰아 달려가는 에일리의 뒤를 추격했다. 누가 보면 욕을 할 일이지만 누군가는 비공정을 몰아야 한다는 생각으로 위안을 삼았다.

9장

마수? 매력잡아 주자

잭슨을 비롯한 세 노인은 점점 눈이 가물거리는 것을 느꼈다. 호흡도 가빠서 거의 숨을 쉬기 어려운 지경까지 내몰렸다. 독에 당했다는 것을 알았다. 그 즉시 해독을 하려고 했지만 해독이 불가능한 독이었다. 어떻게든 버텨보려 마나로 애써 눌러놓은 것이 체력이 한계에 다다르자 한꺼번에 폭발한 것이다.

"후욱… 후욱……!"

"으으……."

한 노인이 버티지 못하고 그대로 쓰러지고 말았다. 동료가 쓰러지자 잭슨 노인은 부들거리는 팔로 그를 잡아 일으키려 했다.

"하아, 하아! 난 틀렸네. 하아, 자네들이라도 도망가."

"그럴 수는 없네. 죽든 살든 함께해야지. 쿨럭!"

마른기침을 토하는 노인도 금방이라도 쓰러질 것처럼 비틀거렸지만 정신력으로 버텼다. 잭슨은 자신이 메고 있는 작은 마법 가방을 만지작거리며 하늘을 쳐다보았다. 정말 이렇게 끝나는 것인지 하늘을 원망하는 것이다.

"킬킬킬! 고작 여기서 주저앉으려고 나를 애먹인 건가?"

사기가 가득 묻어나는 음성에 잭슨 노인은 소리가 난 방향을 향해 단검을 겨눴다.

"이런, 이런! 그 몸을 해가지고 저항이라도 해보려는 건가?"

비아냥거리는 음성을 흘리며 한 사내가 천천히 걸어 나왔다. 그리고 그의 뒤로 속속 따라 나오는 이들은 잭슨의 눈에 절망이 깃들게 만들었다.

'서류에서 본 흑마법사와 다크나이트들… 빠져나가기 힘들겠구나.'

다아크 공작의 서재에서 훔쳐 낸 서류 중에 조직도가 포함되어 있었고, 그 안에는 흑마법사 조직에 관한 내용이 들어 있었다. 그중에는 흑마법사와 그들이 탄생시킨 저주받은 존재인 다크나이트에 관한 것도 있었다.

'하나하나가 상급의 익스퍼트를 능가한다고 했던가? 그런 존재가 수천이라니……'

잭슨은 흑마법사들의 조직이 얼마나 엄청난 준비를 하고 세상에 등장했는지 그걸 통해 느낄 수 있었다. 그리고 그들과 손잡은 로크 제국의 야욕이 얼마나 거대하고 치졸한 것인지도 알게 되었다.

"이제 그만 내놓지 그러나? 그럼 깔끔하게 죽여주도록 하지."

흑마법사의 말에 잭슨 노인은 비릿한 조소를 머금었다. 죽을 때 죽더라도 마지막 발악이라도 하고 죽을 생각이다.

"이거나 먹어라!"

잭슨 노인은 벨트에 달려 있는 작은 구슬들을 떼어내 흑마법사에게 던졌다. 10여 개가 넘는 구슬은 그의 마지막 힘을 싣고 매섭게 날아갔다.

"어리석은 자 같으니. 돌아가라!"

흑마법사가 마력을 일으켜 그대로 허공에 흩뿌렸다. 그러자 날아가던 작은 구슬들은 그의 마력에 휘말려 방향을 바꿔 잭슨 노인에게 도로 날아갔다.

펑! 퍼퍼퍼펑!

잭슨 노인의 앞에서 터진 구슬들이 짙은 연막을 만들어냈

다. 시야를 가려 버리는 그 연막 속으로 숨어든 잭슨 노인은
마지막 힘을 쥐어 짜내 동료들과 함께 신형을 날렸다.

"크크! 나를 속였다는 건가? 쫓아라!"

"명!"

검은 갑옷을 입은 다크나이트들이 유령처럼 쏟아지며 잭
슨 노인 등을 추격해 나갔다.

"어디까지 가나 보자꾸나. 크하하하!"

추격하는 즐거움을 만끽하며 흑마법사는 잭슨 노인과 그
의 동료들이 끝까지 발악해 주기를 바랐다. 그래야 자신이 느
끼는 즐거움이 더 커질 것이기 때문이다. 그는 느릿하게 신형
을 날리며 다크나이트들이 추격하는 잭슨 노인과 그의 동료
들의 흔적을 따라 움직였다.

쉬잇! 서걱!

"커헉! 크윽!"

잭슨 노인은 멀리 도망가지도 못하고 다크나이트가 날린
일검을 등판에 허용하고 말았다. 다른 동료 둘을 부축하지만
않았더라도 피할 수 있었을 것이다.

"이런, 이런. 이번에는 도망가지도 못하겠네?"

흑마법사의 이죽거림에 잭슨 노인은 이를 앙다물었다. 그
러나 이미 모든 패는 사라졌고 죽음만이 남았다. 서서히 거리
를 좁혀오는 흑마법사의 손에서 일어나는 검은 기류가 가물

거리는 시야에 잡혔다.

"더 즐거움을 주기를 바랐는데 말이지. 크크크!"

흑마법사의 손에서 뻗어오는 검은 기류가 세 노인의 머리를 향해 밀려들었다.

"이익!"

"이이… 개……."

세 노인의 몸에서 빨려 나가는 마나가 검은 기류를 통해 흑마법사에게로 전해졌다. 그는 세 노인이 쌓은 마나를 흡수하는 흑마법을 펼친 것이다.

"잘 가라고. 마나는 내가 잘 쓰도록 할 테니까 말이야. 크하하하!"

앙천광소를 터뜨리는 그는 순도 높은 마나가 빨려들어 오자 흥분으로 온몸을 부르르 떨었다.

"거기까지!"

피릿! 쎄에에에엑!

날카로운 기운이 실린 무언가가 날아들었다. 그리고 그전에 들린 음성은 낭랑하고 힘찬 젊은 사내의 것이었다.

"누구냐?!"

흡수를 멈춘 흑마법사는 날아오는 무언가를 향해 마력을 흩뿌렸다.

콰앙!

"크윽! 빌어먹을!"

중간에서 충돌을 일으키며 폭발했음에도 자신에게 전해진 반탄력에 욕설을 터뜨렸다. 그리고 7클래스의 흑마법사인 자신을 이렇게 당황시킬 수 있는 자가 있다는 것에 분노했다.

"마스터를 지켜라!"

"적이다! 공격하라!"

다크나이트들은 숲을 뚫고 나온 이안을 발견하자 득달같이 달려들었다.

"아웅! 주인의 적이다! 모두 죽여!"

"충!"

에일리는 자신의 주인에게 적의를 드러내며 달려드는 다크나이트들에게 거센 분노를 터뜨렸다. 그녀의 명령이 떨어지자 같이 따라온 수인족들은 일제히 야수화를 이루며 적들에게 쇄도해 들어갔다.

"네놈은 누구지? 왜 나의 일을 방해하는 것이냐?"

흑마법사는 분노를 억누르며 이안에게 물었다. 수인족 전사들을 이끌고 온 것을 보면 결코 낮은 신분을 가진 이가 아니라 여긴 것이다.

"지나가다가 어디서 나쁜 놈 냄새가 나더라고. 그래서 잠깐 들렀거든? 근데 말이야, 정말 고블린보다 못한 놈들이 나쁜 짓을 하고 있더라고."

"으득! 감히 나 카이만 님을 모욕하다니! 심장을 씹어 먹어 주마!"

"어이쿠! 심장씩이나? 무섭네!"

이안의 이죽거림에 카이만이라고 자신의 이름을 밝힌 흑마법사는 해골 수정이 박혀 있는 지팡이를 꺼내 들었다.

"호오! 역시 흑마법사가 맞았군. 그 해골 수정이 박힌 지팡이는 다들 하나씩 가지고 있나 봐?"

이안의 말에 카이만이 눈을 부릅떴다. 해골 수정이 박힌 지팡이는 마도사급의 흑마법사에게만 주어지는 것이었다. 그러니 그것을 알고 있다면 전에 마도사급의 동료와 만난 적이 있다는 것을 의미한다.

"네놈! 누군지 알겠다! 이안 레이너!"

"빙고! 그리고 네놈을 잡을 남자다!"

이안은 어둠의 기운이 물씬 풍겨나는 흑마력이 날아오자 검을 뽑아 들고 빠르게 치고 나갔다.

"나오라! 나의 대적을 막아라!"

후우웅! 휘스스스슷!

어둠의 기운이 일렁이며 그림자에서 스며 나오는 두 구의 데스나이트가 이안의 앞을 막아섰다. 전에도 똑같은 패턴으로 자신과 싸우던 흑마법사를 떠올린 이안은 고개를 내저으며 흑마법사에게 바짝 붙었다.

'마법사는 거리를 두면 골치 아프지. 지근거리에서 캐스팅할 여지를 주지 않는 것이 상책!'

이안은 전에 가논을 상대한 경험을 바탕으로 능숙하게 흑마법사를 상대해 나갔다.

"다크 캐논!"

후웅! 슈슈슈슈슈슝!

이안의 접근을 막기 위해 급히 마법을 난사하던 흑마법사는 빠르게 뒤로 물러서며 마력을 컨트롤했다. 그러나 아슬아슬하게 피해내며 접근하는 이안의 움직임이 무척이나 빠르게 따라붙었다.

"막아! 막으란 말이다!"

아직 제 모습을 갖추지 못한 데스나이트들은 다급한 주인의 음성에 서둘러 움직였다.

―나의 주인을 대적하는 자! 내 손에 죽으리라!

―이놈! 내 검을 받아라!

사이한 외침을 토해내며 데스나이트들이 이안을 향해 미친 듯이 달려들었다. 그러나 그들의 공격에도 아랑곳하지 않고 이안은 흑마법사만 죽이겠다는 듯이 검을 휘둘렀다.

"다크 쉴드! 다크 쉴드!"

계속해서 방어막을 만들며 이안의 공격에 저항하는 흑마법사는 가까스로 버텨내며 데스나이트들이 제 몫을 해주기만을 바랐다. 떨어지지 않는 검사를 상대로 싸우는 것이라 공격 마법은 캐스팅할 엄두도 내지 못했다.

"그건 곤란하지. 너만 죽이면 되는데 굳이 저놈들 상대로 힘을 뺄 이유가 없거든."

이안은 조소를 날리며 카이만이 만들어낸 방어 마법을 강하게 후려쳤다.

콰앙! 콰지지지직!

방어 마법이 깨지고 그것을 뚫고 들어온 이안의 검이 그대로 카이만의 심장을 쪼개 버렸다. 너무도 쉽게 승부가 나버린 것에 이안은 스스로도 믿기 어려웠다.

'뭐 이리 싱거워?'

카이만이 방심하지 않고 처음부터 거리를 벌린 다음에 싸웠다면 이렇게 쉽게 이기지는 못했을 것이다. 마스터인 이안의 놀라운 스피드도 한몫을 단단히 했지만 말이다.

"아차! 내가 이럴 때가 아니지."

주인을 잃은 데스나이트들이 폭주하며 이안을 향해 덮쳐왔다. 왜 사라지지 않는지는 모르지만 폭주를 한 것을 보면 주인을 잃어서 그런 거라 생각했다.

"마스터도 같은 마스터가 아니지. 데스나이트인 네놈들은 모르겠지만 말이야."

흑마법사에 의해 깨어난 데스나이트는 생전의 능력보다

한 단계 아래의 능력으로 되살아난다. 그래도 마스터인 것은 분명하지만 그 급수가 떨어진다고 해야 할까? 그런 존재들에게 당해줄 마음이 손톱만큼도 없는 이안은 무서운 속도로 치고 나가며 그들을 자신의 공간 안에 가뒀다.

'역시 제어가 되는군.'

공간의 제어를 시작하자 데스나이트들의 공격이 그대로 이안의 심상에 그려졌다. 그 심상의 인도를 따라 움직이며 여유롭게 공격을 피한 후 무수한 환영의 검을 만들어냈다.

쉬릿! 카캉! 카가가강!

데스나이트의 갑옷을 종잇장처럼 찢어발기며 오러로 만들어진 검들이 허공에서 춤을 추었다. 그 춤들이 과격해질 때마다 떨어져 내리는 갑옷 조각들이 검은 기류가 되어 사방으로 흩어져 나갔다.

—끄아악! 어둠의 저주가……!

—마신이시여, 종을 구해주소서!

데스나이트들은 이안의 공간에서 허덕이다 채 1분도 버티지 못하고 검은 기류가 되어 사라져 버렸다. 그들이 사라지자 이안은 공간의 제어를 그치고 싸우고 있는 다크나이트들에게 시선을 돌렸다. 수인족들이 놀라운 솜씨를 발휘하며 분전하고 있었지만 수적인 열세로 인해 패색이 짙어져 있는 것이 눈에 들어왔다.

'역시 에일리의 실력이 몰라보게 늘었군.'

이안은 에일리의 실력에 흐뭇한 미소를 지으며 신형을 폭 사시켰다. 자신의 수하가 된 수인족 전사들을 잃고 싶은 생각 이 없었기에 전력을 기울여 쇄도해 들어갔다.

"어둠의 종자들은 어둠으로 돌아가라!"

후웅! 쎄에에에엑!

거대한 오러의 검을 만들어내며 그대로 폭사해 나가는 이 안은 수인족들을 포위하고 공격을 가하는 다크나이트들에게 거센 공격을 퍼부었다.

"크아아악!"

"마스터다! 쳐라!"

10여 명의 다크나이트가 이안의 오러 소드에 당해 죽었다. 그러자 남아 있는 자들의 일부가 이안을 막기 위해 앞으로 나 왔다.

'어떻게 된 거지? 마스터를 상대로 오히려 살기를 터뜨리 다니. 허 참.'

이안은 다크나이트가 어떤 존재인지 알지 못해 그들의 반 응에 어리둥절했다. 보통은 상대 불가의 존재를 만나면 기가 죽게 마련인데 저들은 오히려 기세를 올리며 달려드는 것이 색달랐다.

'뭐, 다 쳐 죽이면 되겠지.'

다시금 공간의 제어를 시도하며 달려드는 다크나이트들을 자신만의 공간에 가두기 시작했다.

"죽엇!"

"받아라!"

좌우에서 치고 들어오는 다크나이트들의 검세를 공간의 제어를 통해 어긋나게 한 이안은 두 검세가 충돌하게 만들었다. 그리고 그 힘의 충돌이 일어난 곳으로 다른 적들까지 밀려 나게 만들며 타격을 입도록 유도했다.

'굳이 내 손으로 죽일 필요도 없지. 참 재미있는 능력이야, 공간의 제어 능력은.'

이안은 싸늘한 살소를 머금으며 부나방처럼 달려드는 다크나이트들을 빠르게 정리해 나갔다. 훑고 모았다가 강하게 튕겨내는 공간의 검술이 강력한 위력을 발휘하며 싸움은 끝을 향해 치달아갔다.

"후아! 후아! 주인 멋지다! 아웅!"

에일리는 마지막 다크나이트까지 쓰러뜨린 이안이 납검을 하며 돌아서자 냉큼 달려와 안겼다. 어느새 수인화를 풀고 아름다운 인간의 모습을 한 그녀의 돌진에 이안은 빙글 휘돌며 안전하게 받아 들었다.

"수고했다."

"아웅~ 근데 친구들 많이 다쳤다. 마음이 아프다."

에일리는 자신의 부하들이 제법 많이 다친 것에 마음이 아팠다. 사회화가 많이 이루어졌는지 동료를 먼저 생각하는 마음 씀씀이를 보여주고 있었다.

"다친 자들을 모아라. 어서!"

"충!"

수인족 전사들은 죽은 이까지 한곳에 모으며 부상자들을 이안의 앞으로 데려왔다.

"마나의 의지여, 힐링!"

마법사의 치유 마법은 신성 마법에 비해 그 효과가 많이 모자랐다. 그래도 6클래스를 마스터하고 마나량만 더 채워지면 7클래스에 오를 수 있는 깨달음을 얻은 이안인지라 죽을 위기에 몰린 수인족 전사들이 살아날 수 있었다. 마나를 퍼부으며 치료를 하던 이안은 갑자기 밀려드는 어마어마한 죽음의 기운에 빠르게 신형을 틀었다.

'뭐지? 뭐가 남은 거냐?'

이안은 죽음의 마나가 느껴지는 곳을 훑어보았다. 그러자 눈에 들어오는 놀라운 광경에 인상을 찌푸렸다.

"설마……."

휘릉! 휘류류류릉!

죽은 다크나이트들의 사체에서 빠져나가는 검은 기류가

한 곳으로 모여들고 있었다. 그곳에는 죽은 줄로 알았던 흑마법사가 상체를 일으킨 채 무언가를 중얼거리고 있었다.

"마신의 종 무디악을 섬기는 자, 나 카이만이 종들의 염원을 들어주기를 바라노라. 오라, 마신의 피조물이여! 무디악의 이름으로 이곳에 나오라!"

후웅! 웅! 웅! 웅! 웅!

검은 기류가 한군데 뭉쳐서 맹렬하게 진동을 일으켰다. 그리고 점점 거대해지는 그 기류는 역오망성을 만들어냈다.

'소환 마법진! 이런!'

이안은 소환 마법진이 완성되기 전에 카이만을 다시 죽여야 한다는 것에 무작정 신형을 폭사시켰다.

"독한 놈! 죽엇!"

번뜩이는 검에서 쏘아진 오러 뷰렛이 허공을 격하고 날아가 카이만의 몸을 꿰뚫었다.

"헐! 뭐 이런 게 다 있지?"

검은 로브 자락이 오러에 가루가 되어 흩어졌지만 정작 카이만의 신체는 허깨비가 꺼지듯이 사라지고 없었다.

—크크크! 내 인형을 잘도 죽였겠다. 어디 한번 내 인형과 바꾼 마계의 소환수와 잘 싸워보아라. 크카카카!

허공에 생겨난 두 개의 눈이 사악한 기운을 풀풀 풍겨내며 이안을 노려보았다. 그의 말을 듣고 난 후에야 이안은 카이만이 왜 그리 무기력하게 자신에게 당했는지 알 수 있었다.

'본체가 아닌 인형에 불과한 것이었나? 거 참, 흑마법사도 무시할 것이 못 되는군.'

생각은 그렇게 했지만 나중에 보게 되면 반드시 죽이고 말겠다는 의지를 다졌다. 그러는 사이 역오망성이 지면에서 검붉은 기운을 하늘로 뿜어냈다.

"어떤 놈이 나오는 거지? 젠장!"

마계에 간 경험이 있는 이안은 그곳의 무지막지한 기압과 음습한 마나가 지배하는 환경이 아닌 것을 다행이라 여겼다. 그리고 이곳이라면 예전의 그 제파스도 대적할 수 있을 것이다.

'마계의 존재는 지상으로 올라오면 능력이 절반 이하로 줄어든다는 것이 정설이니… 충분히 이겨낼 수 있다.'

지금은 라피드도 있고 에일리 등이 비공정에서 마동포로 도와준다면 충분하다는 판단이었다.

"리타!"

이안은 자신을 대신해서 비공정을 몰 수 있는 리타를 찾았다. 수인족 전사들을 구하느라 그녀를 신경 쓰지 못했는데 살짝 당혹스러운 광경을 보고 말았다.

"엉엉! 할아버지, 죽지 마요. 엉엉!"

대성통곡을 하며 한 노인을 끌어안고 있는 리타의 모습에 미안한 마음이 컸다.

"비켜봐!"

"엉엉! 할아버지, 안 돼요."

리타의 품에서 노인을 떼어낸 이안은 급히 노인의 상태를 살폈다. 독 기운이 거의 전신으로 침범하여 죽기 바로 직전의 상태였다.

"이걸 이런 곳에서 쓰게 될 줄은 몰랐네."

이안은 노인에게 레이첼이 남긴 아티팩트를 걸어줬다. 대마법사의 아티팩트답게 항온과 향기, 그리고 독을 몰아내는 안티포이즌 마법이 인챈트 되어 있는 물건이다. 7클래스의 흑마법사가 건 포이즌 마법이니 그보다 높은 등급의 힘이 필요하기에 두 번 생각할 것도 없이 풀어서 건 것이다.

후웅! 웅! 웅! 웅!

아티팩트가 푸른 생명의 빛을 뿜어내자 노인의 몸으로부터 검은 기류가 뿜어져 나왔다. 순식간에 전신의 독을 해독해버리는 아티팩트의 위력에 이안은 역시 레이첼이라는 말을 연발했다.

'레이첼 님, 미안합니다. 이런 쓸모가 있을지 모르고 욕을 했네요. 후후후!'

차례차례 노인들의 독을 해독한 이안은 숨이 거의 넘어가기 직전의 상태지만 버텨낼 수 있을 거라 생각했다. 워낙 수

련을 오래 쌓은 노인들이었기에 가볍게 갈 사람들은 아니라는 판단이다.

"리타, 비공정을 몰고 와."

"홀쩍! 비공정이요? 왜요?"

"저길 봐."

이안이 가리킨 방향에는 역오망성이 지면에서 끓어오르는 마기를 분출하고 있었다. 그리고 그 사이를 뚫고 무언가가 서서히 올라오고 있는데 그 크기가 심상치 않았다.

"어머낫! 저, 저게 뭐예요?"

"나도 모르지. 일단 제압해야 하는데 비공정의 마동포가 필요해. 어서 가!"

"알았어요. 바로 올게요."

"에일리도 같이 가렴. 서둘러!"

"아웅! 주인 위험한데… 에일리도 같이……."

에일리는 주인인 이안이 홀로 위험한 것과 싸우려고 하는 것에 안절부절못했다. 명령이 떨어졌음에도 선뜻 가지 못하고 말을 얼버무리며 안 가려고 필사적이었다.

"어서 가. 그래야 내가 마음 놓고 싸울 수 있다."

"아웅, 그래두우……."

"어서!"

이안이 강하게 말하자 그제야 울먹이는 눈으로 발길을 돌렸다. 그녀가 수인족 전사들과 함께 비공정으로 향해 가자 이 안은 마음 놓고 라피드를 소환했다.

"라피드 소환!"

후웅! 지지지지징!

아공간에서 튀어나오는 라피드가 거대한 몸체를 드러내며 소환진에서 나오고 있는 마계의 존재를 마주 봤다. 마치 너 정도는 씹어 먹어주겠다고 눈빛으로 말하는 듯했다.

―쿠워어어어어엉!

소환진에서 소환되어 나온 것은 마계의 생명체인 마수였 다. 예전에 상대한, 거의 도박에 가까운 수로 잡을 수 있던 제 파스보다는 체구가 작은 녀석이었다.

'그래도 풍기는 기운은 장난 아니네. 절반 이하로 떨어진 능력인데 저 정도라니.'

물론 체구와 힘의 역학 관계는 증명되지 않았다. 체구가 작 아도 더 큰 힘을 발휘할 수 있는 것들도 있으니 말이다. 하지 만 마수라는 것을 생각하면 체구는 곧 힘이라고 생각할 수 있 었다.

―크르, 크르르릇!

주위를 두리번거리며 뭔가를 찾는 마수는 오직 한 명만이 자신을 바라보고 있는 것에 고개를 갸웃거렸다. 소환사의 소 환을 받아서 온 것이니 자신을 소환한 존재가 있어야 한다는 듯한 느낌이다. 그러나 그런 존재가 없으니 살짝 분노한 것처럼 보였다.

"라피드 탑승한다!"

후웅! 스팟!

이안은 라피드의 조종석으로 소환되어 자리를 잡았다.

—마스터의 탑승을 환영합니다.

"마나 코어 온! 동화율 체크!"

이안은 빠르게 라피드의 가동 준비를 시작했다. 마수가 완전히 자신을 인지하고 공격하기 전에 준비를 마쳐야 했다.

—동화율 체크! 50% 60%⋯ 96%. 동화율 체크 완료!

"아직도? 쩝!"

조금은 더 올라갔을지도 모른다는 희망을 품고 있었는데 96%에서 요지부동으로 올라갈 생각을 하지 않았다. 지금까지 빠르게 올라온 것을 감안하면 욕심이 분명하지만 인간인 이상 욕심이 없을 수는 없었다.

'언젠가는 올라가겠지.'

그렇게 욕심을 다스리며 라피드의 파노라마 사이트를 통해 전해오는 마수의 움직임을 살폈다.

쿠웅! 드드득! 쿠웅!

쇠기둥 같은 커다란 발로 지면을 내려친 후 긁어대는 것이 영락없이 돌진하기 전에 몸풀기를 하는 본새였다.

"그래, 어디 한 번 덤벼보렴. 네놈이 어떤 힘을 가지고 있는지 궁금하구나."

이안은 거검을 뽑아 들고 자세를 잡았다. 달려오면 그대로 찔러 넣기 위해 살짝 긴장하며 대치했다.

―쿠워어어엉!

마수가 거친 포효를 터뜨리며 라피드를 향해서 돌진하기 시작했다. 쿵쾅거리며 달리는 놈은 서서히 속도를 올리며 나중에는 굴러오는 것은 아닐까 싶을 정도로 빠른 속도로 다가왔다.

"가자, 라피드!"

이안은 마수의 돌진에 맞춰서 라피드를 움직였다. 일직선으로 치고 들어오는 마수의 특성을 이용하여 유려하게 스텝을 밟으며 공격을 살짝 피해냈다. 아슬아슬하게 춤을 추듯이 마수의 공격을 피해낸 라피드는 거검에 피어오른 오러로 빠르게 난타해 나갔다.

―크아아아! 크르륵!

마수는 자신의 공격을 피해내는 라피드에게 분기를 터뜨렸다. 흉성과 마기가 가득 담겨 있는 기운을 분출하며 미친 듯이 몸을 흔들었다. 거대하게 솟아 있는 뿔을 좌우로 흔들며 라피드를 부수기 위해서 필사적이다.

"이크!"

오러로 두들겨도 마수의 거대한 뿔은 부서지지 않았다. 생채기 하나 없을 정도로 단단함 그 자체였다. 그런 것을 곡예를 하듯이 껑충껑충 뛰며 휘둘러대자 이안은 물러설 수밖에 없었다.

"반항이 심하네. 으랏차!"

이안은 미친 듯이 몸을 흔들어대며 저항하는 마수의 움직임에 맞서 더욱 빠르게 라피드를 조종했다. 미세하게 전해져 오는 감각을 이용해 마수의 다음 공격을 예측해 나가며 반 박자 빠르게 치고 빠지기를 하며 서서히 진을 빼는 작전을 사용했다.

스팟! 서걱!

날카로운 오러가 마수의 옆구리를 길게 베어냈다. 발악을 하느라 더욱 깊은 상처를 남긴 그 일검에 짙은 마기가 흘러나오며 시야를 가릴 정도이다.

'이런, 필살기를 쓰려는 건가?'

제파스를 상대할 때 얻은 경험으로 이상 징후를 보이는 마수에게서 위험을 감지했다. 부르르 몸을 떨며 최대한 웅크리는 것을 보자 제파스가 돌진 기술을 쓰던 것이 떠오른 것이다.

'최대한 떨어져야 한다. 무슨 기술을 쓸지 알 수 없으니.'

강하게 일검을 더 먹인 후 등판을 걷어차며 라피드를 뒤쪽

으로 몰았다. 계속해서 힘을 응축하는 마수는 그런 라피드를
향해 방향만 틀 뿐이다.

'시작인가?'

수십 미터를 겨우 벌렸을 뿐인데 서서히 기세가 폭발하기
시작했다. 그리고 시작된 마수의 필살기가 라피드를 향해서
헉 소리 나게 뻗어왔다.

'으득! 피하는 것은 불가능. 맞선다!'

제파스의 움직임이 장난이었다는 듯 마수는 하나의 검은
선을 그리듯이 쇄도해 들어왔다. 몸을 최대한 웅크린 상태라
머리에 돋아난 뿔을 시작으로 등골을 타고 나 있는 뿔까지 더
해진 플라이 롤링어택이었다.

'모든 힘을 모아야 한다. 아니면 당하고 만다.'

이안은 필사의 의지를 다지며 오러를 뿜어냈다. 그리고 그
오러를 일점으로 모으며 날아오는 마수를 향해 마주쳐 나갔
다.

콰앙! 콰지지직!

강렬한 충돌에 이안은 숨이 턱 막히는 충격을 받았다. 라피
드의 거체에 충돌한 마수가 오러에 적중됐음에도 그것을 그
대로 이겨내며 부딪쳐 온 것이다.

주루루룩! 쿠우웅!

그대로 밀려나며 쓰러진 라피드는 복부에 치명적인 상처

를 입고 검푸른 마나를 흘렸다.

―크륵! 쿠워어엉!

마수 역시도 치명적인 타격을 받은 것은 똑같았다. 그러나 대여섯 개의 뿔이 잘려 나가는 정도에서 그쳤고 등판 여기저기에서 검은 마기를 뿜어냈다. 그러나 여전히 강한 흉성과 투기를 유지한 채 쓰러진 라피드에게 다가왔다.

"마스터를 구해야 한다. 마동포 발포!"

후웅! 퍼퍼퍼퍼퍼퍼펑!

이제야 도착했는지 리타의 뾰족한 음성이 멀리서 들려왔다. 그리고 시작된 마동포의 포격이 마수의 전신을 향해 뻗어갔다. 강렬한 폭음과 함께 철환에 얻어맞은 마수는 거친 비명을 내지르며 신경질적인 반응을 보였다. 또 다른 적의 출현에 분노를 표출하는 것이다.

'지금이 기회다. 라피드를!'

이안은 힘겨워하는 라피드에게 최선을 다해 의념을 불어넣었다. 그러자 조금씩 떨어지던 동화율이 다시 올라오고 부상을 입은 라피드가 다시 몸을 일으켰다.

―마스터, 마나가 빠져나가고 있습니다.

라피드의 에고는 상처를 입은 곳으로 마나가 빠르게 빠져나가자 이안에게 경고의 메시지를 전했다.

"밖으로 빠져나가는 건가?"

―아닙니다. 알 수 없는 무언가가 마나를 빨아들이고 있습니다.

"흐음, 설마 마나로 상처를 자체 치유하는 건가?"

마동포의 포격으로 마수가 정신을 파는 사이 이안은 빠르게 물러나 다시 거검을 겨눴다. 그러면서 마나가 빠져나가는 원인에 대해서 조사했다. 그리고 얼마 지나지 않아 그 이유를 알 수 있었다.

"역시… 생각대로군."

라피드의 본디 모습은 췰베른이었고, 제파스의 육체가 합성되어 만들어진 것이다. 절반 이상의 신체는 제파스의 것이고, 그 신체가 망가지자 마나를 끌어들여 자체적으로 치유하는 것이었다.

'덕분에 마나가 절반 이하로 떨어졌군. 빠르게 끝내야겠다.'

한 방이라도 더 얻어맞는 상황이 나온다면 남은 마나도 그 치유를 위해서 모두 써야 할 판이었다. 그러니 한 방도 허용하지 않은 상태에서 저 마수를 처리해야 했다.

10장

마수는 정말 악연이다

리타는 에일리를 말리느라 정신이 없었다. 당장에라도 비공정에서 뛰어내려 이안에게 달려가려고 하는 통에 뒤에서 끌어안고 입은 계속해서 발포를 외쳤다.

"서둘러! 마스터를 구하려면!"

"마동포 발포!"

"2번 마동포도 발포!"

수인족들은 엉성하기 짝이 없는 포술로 마동포를 날렸다. 그저 대강의 눈대중으로 쏘는 것이라 처음의 포격 이후로는 제대로 된 유효 타격을 입히지 못했다. 그저 옆에서 누군가 알짱대는 정도의 견제 효과를 보일 뿐이었다.

"제대로 좀 쏘라고! 하나도 안 맞잖아!"

리타는 수인족 전사들에게 버럭 소리를 질렀다. 그녀가 보기에도 엉뚱한 곳으로 날아가는 철환들로 인해 마나석의 마나만 낭비되었다.

"처음 쏴보는 거라서……."

"끄응, 어떻게 쏴야 하는 거야?"

수인족 전사들은 차라리 지상으로 내려가 마수를 상대로 싸우는 편이 낫겠다는 생각이 들었다. 쏴도 맞지 않는 걸 가지고 갈구는 리타의 잔소리는 계속해서 늘어만 가니 그럴 만도 했다.

"다시! 다시 겨냥해! 얼른!"

리타는 에일리를 안은 채 전사들을 채근했다. 그녀의 외침에 마지못해 움직인 전사들은 다시 철환을 장전하고 마력이 차기를 기다렸다.

"아니, 안 되겠어. 최대한 접근해야 해."

리타는 발만 동동 구르고 있는 케이트에게 손짓했다. 아직 어린 케이트는 거의 성인이 되었지만 여전히 어딘가 약해 보이는 모습이다.

"너 이리 와."

"저, 저요?"

"그래, 너!"

케이트도 개중에서는 약하지만 중급의 끝자락에 이른 익스퍼트였다. 기세를 흩뿌리면 제법 강렬했기에 케이트는 살짝 주눅이 든 모습으로 다가갔다.

"에일리 잡아!"

"어, 언니를요?"

"얼른!"

"알았어요."

케이트는 본능을 참지 못해 순간적으로 빠져나가려고 하는 에일리를 잡으며 말했다.

"언니가 가면 주인님이 곤란해요."

"아웅! 에일리는 주인 도와야 한다. 이대로 있으면 안 돼."

"하지만요, 안 되는 건 안 되는 거예요! 알았죠?"

"히잉! 주인 도와야 하는데……."

침울한 에일리는 조울증이라도 걸렸는지 안 갈 것처럼 말을 늘이다가 어느 순간 힘을 주며 빠져나가려 했다.

"안 돼욧!"

케이트는 사력을 다해 에일리를 제지해 빠져나가는 것을 겨우 막을 수 있었다.

"좋았어! 내가 멋진 조종 솜씨를 선보여 주겠어!"

리타는 조종관에 손을 얹고 비공정을 빠르게 몰아 마수를 향해 날아갔다. 그리고 일정 거리 안으로 마수에게 접근하자 급히 조종관에 올린 손을 틀었다.

"급정거! 방향 오른쪽으로!"

순간적으로 멈추며 부유하듯이 미끄러지는 비공정이 순식간에 우측으로 틀며 급정거하는 것에 성공했다. 수인족 전사들은 깜짝 놀라 납작 엎드리며 가까스로 버텨낼 수 있었다. 신체적인 능력이 월등한 수인족이 아니었다면 대번에 비공정 밖으로 튕겨져 나갔을 것이다.

"지금이야! 마수를 죽여!"

"마동포 발포!"

"4번 마동포 발포!"

후웅! 퍼퍼퍼퍼퍼퍼펑!

10기의 마동포가 일제히 강렬한 포격을 가했다. 쏜살처럼 날아가는 철환은 그대로 마수의 옆구리를 무차별 폭격해 가죽을 뚫고 들어가는 위력을 선보였다.

"얏호! 좋았어!"

리타는 마동포의 포격으로 마수에게 타격을 입히자 환호성을 지르며 팔짝팔짝 뛰었다.

—크륵! 쿠워어엉!

마수는 라피드와 비공정의 협공에 코너에 몰리자 더욱 흉성을 강하게 발산했다.

후웅! 고오오오오!

갑작스러운 소성에 마수의 등을 사정없이 두들기던 이안은 급히 라피드를 뒤로 물렸다. 검은 마력이 급격하게 유동하며 마수의 입으로 모여들었다.

'제파스는 번개였는데 저놈도 원거리 공격을 할 수 있는 건가?'

심상치 않은 모습에 어떻게든 마수의 필살기를 막아야 한다는 일념으로 다시 달려들었다. 오러를 가득 끌어올려 마수의 등판을 가르는데 마수는 꿈쩍도 하지 않고 그 공격을 고스란히 얻어맞았다.

─크라라라라!

마수의 입에서 쏘아져 나오는 강력한 괴성과 함께 흐릿한 기류가 일렁거렸다.

슈아아아아아아아앙!

입에서 쏘아진 것은 바람이 응축된 것으로 그 위력이 사뭇 대단했다. 그리고 그 바람은 그대로 멈춰 있는 비공정을 향해 쏘아져 나갔다.

"피해! 이, 이런……."

회피 기동도 움직이고 있을 때나 가능했다. 멈춰 있는 상태에서 다시 기동하는 것에는 시간이 걸렸다.

콰앙! 쿠쿠쿠쿠쿵!

바람의 포탄이 그대로 비공정을 덮치고 굉음을 일으키며 거센 기파를 만들어냈다.

'막아야 한다. 한 번 더 맞았다간!'

마수의 입은 여전히 기류를 끌어 모으며 바람의 대포를 쏘려 했다. 비공정은 금방이라도 파괴될 것처럼 흔들리며 옆으로 사정없이 밀려 나갔다.

"부숴주마!"

이안은 라피드의 모든 힘을 끌어 모아 점프를 시도했다. 어차피 이판사판으로 나오는 마수인 탓에 자신 역시 도박을 해야 할 순간이라 판단한 것이다.

부웅! 콰지지지직!

공중으로 뛰어오른 라피드는 이안의 조종대로 마수의 등판 위로 뛰어올랐다. 그리고 그대로 다시 점프하며 역수로 거검을 쥔 채 떨어져 내렸다.

ㅡ크워어어어어!

두개골을 관통한 거검이 목 아랫부분을 뚫고 지면까지 박혀들었다. 그러자 마수는 고통을 이기지 못하고 거칠게 울음을 토해내며 마지막 몸부림을 쳤다. 그 힘을 이기지 못한 라피드는 균형을 잃고 거세게 내동댕이쳐졌다. 그리고 발광하는 마수의 발에 사정없이 밟힌 후 튕겨져 나오고 말았다.

"크으……."

─탑승 해제를 권유합니다. 모든 마나를 소진하여 곧 아공 간으로 역소환됩니다.

"이런, 탑승 해제!"

이안은 라피드가 모든 마나를 소진할 정도로 크게 당했다 는 것에 굳은 표정으로 소환을 해제했다. 라피드를 역소환한 이안은 서서히 사라져 가는 라피드를 보며 입술을 깨물었다.

"오냐, 언제부터 쉬운 싸움을 했다고!"

이안은 거검이 사라지자 다시 자유를 얻은 마수를 향해 빠 르게 신형을 날렸다. 이제는 맨몸으로 마수를 상대해야 하고, 반드시 이겨내야 한다는 굳은 의지가 실린 검을 커다란 드래 고닉 아이를 향해 뻗어냈다.

"죽어라, 이놈!"

이안의 검에서 솟아난 2미터의 오러는 그대로 뻗어 나가며 마수의 눈을 찔렀다. 있는 마나를 쥐어짜며 그대로 오러를 쏘 아 낸 이안은 마수가 거대한 앞발을 휘두르자 뒤로 몸을 튕겼 다.

─크아아아앙!

괴성을 지르며 고통에 몸부림치는 마수는 이미 뇌수가 흘 러나오고 있는 것이 곧 쓰러질 것처럼 보였다. 그런 상태에서 눈마저 잃자 더욱 발광하며 마지막 포악질을 부렸다.

'한 번만 더! 간닷!'

이안은 마지막 초식을 시전하자 발광하는 마수를 향해 오러가 노도처럼 뻗어 나갔다. 거리가 길어질수록 점점 커져가는 검의 형상이 폭발할 듯이 부풀어 오르자 그대로 그 검을 마수의 머리를 향해 내려쳤다.

"죽엇!"

부웅! 쎄에에에엑! 콰드드등!

라피드의 거검에 의해 뚫려 있는 상처를 그대로 재차 가격한 오러가 폭발하며 마수의 머리를 쪼개갔다. 반쯤 갈라진 틈으로 마수의 뇌가 쏟아져 나오고 더는 저항할 힘을 잃었는지 마수는 그대로 주저앉고 말았다.

—크르… 크르릉…….

마지막 숨을 몰아쉬며 이안에게 한쪽 남은 눈으로 원독 어린 눈빛을 보내는 마수는 이게 끝이 아니라는 듯한 모습을 보였다.

'뭐지? 뭐가 남은 거지?'

이안은 숨이 곧 떨어질 마수에게서 위화감을 느끼며 서둘러 몸을 뒤로 튕기려 했다.

퍼엉! 쎄에에에에엑!

얼마 물러서지도 못했는데 갑자기 마수의 이마에 박혀 있는 검은 보석이 그대로 폭사되어 이안을 노렸다.

"이런!"

어떻게든 피하려고 전신의 근육으로 마나를 풀로 움직였다. 화살이 날아가는 속도에 준할 정도로 빠르게 회피했지만 검은 보석은 공중에서 방향을 바꿔가며 이안을 노리고 날아들었다.

'뭐 저런 것이… 어쩔 수 없지!'

이안은 보석을 피하지 못한다는 것을 떠올리고는 별수 없이 검을 휘둘러 파괴하기로 했다. 그 길만이 피해를 입더라도 최소화시킬 수 있으리라 생각한 것이다.

쉬릿! 콰아아아앙!

이안이 검을 휘두르자 강렬한 폭발이 일어났다. 그 순간, 검은 보석이 어마어마한 마기와 어둠의 마력을 폭사시키며 마기와 어둠의 마력이 살아 있는 생명체인 이안을 향해 밀려들기 시작했다.

"커억! 이, 이런……."

이안은 전신으로 파고드는 그 마기와 검은 마력에 혈맥과 마나로드가 금방이라도 찢겨질 것 같은 극통을 느꼈다.

'버텨야… 버텨야 한다!'

이안은 그 기운들이 마나로드를 타고 흐르며 흉포하게 휩쓸고 지나가는 것에 이를 앙다물었다. 이렇게 된 이상 마지막 남아 있는 의지를 끌어올리며 그 기운을 자신의 것으로 만들기 위해 사력을 다했다. 살아남으려면 그 기운을 이겨내야만

한다는 것을 본능적으로 아는 것이다.

'이겨내라! 이겨내야 한다!'

이안은 강한 기운의 폭주가 전신을 난도질하며 흐르는 것에 죽고 싶다는 생각마저 들었다. 그냥 죽는 것이 편안할 거라는 그 유혹에 넘어가려는 찰나에 의지를 굳건히 세우며 허물어져가던 정신을 강하게 붙들었다. 그렇게 치열한 사투를 벌이는 동안 점점 시간은 흘러가고, 기운은 마나로드를 한 바퀴 돌 때마다 조금씩 이안의 마나에 동화되어 갔다.

"후우… 후우우……."

가까스로 입술을 뚫고 나오는 긴 숨소리는 이제 살았다는 것을 세상에 알리는 증거였다. 죽음이 오히려 편할 것 같은 고통을 이겨낸 그 거친 숨소리를 끝으로 이안은 그대로 쓰러졌다.

"마스터!"

"주이이인!"

리타는 비공정을 가까스로 바로잡은 뒤 곧장 다시 날아왔다. 그러는 사이 마수는 이안에게 죽음을 맞이하고 이안 역시 마수의 마지막 수법에 당해 사경을 헤매는 것을 보아야 했다. 발을 동동 구르며 지켜볼 수밖에 없던 리타와 일행은 이안의 표정이 편안해지는 것을 보고는 안도했다. 그러나 그것도 잠시, 옆으로 쓰러져 내리는 이안에 놀란 그녀들이 미친 듯이 달려왔다.

"주인! 괜찮아? 주이인! 에일리다! 주이인!"

에일리는 리타를 비롯한 다른 사람들이 이안을 건드리는 것을 막으며 홀로 끌어안고 이안을 흔들어 깨웠다.

"에일리, 마스터는 괜찮아. 그러니까 흔들지 마. 응?"

리타는 대강의 상황을 살펴봤기에 이안의 상태가 어떤 것인지 짐작할 수 있었다. 호흡이 안정된 것을 확인했으니 걱정 없이 지켜보면 될 것이다.

"우웅? 주인 괜찮아?"

"그래. 그러니까 어서 비공정으로 모셔야 해."

"알았다. 주인 안고 간다."

에일리는 이안의 몸을 번쩍 안아 들고 비공정으로 옮겼다. 리타는 마수와의 싸움으로 시간을 지체한 터라 또 다른 추격자가 오는 것을 염려하여 서둘러 전투가 있던 현장을 빠져나갔다.

"으음… 허억!"

이안은 정신이 들자 헛바람 빠지는 소리를 내며 벌떡 일어났다. 지독하고 또 지독했던 그 고통을 끝으로 정신을 잃은 것이 떠올라 자신도 모르게 몸서리를 쳤다.

"주인, 괜찮아? 주인?"

"응? 에일리?"

"아웅! 주인 깨어났다. 만세!"

에일리는 죽은 듯이 잠만 자던 이안이 깨어나자 두 팔을 번쩍 들어 올리며 만세를 불렀다. 얼마나 지났는지 모르지만 자신이 정신을 잃은 동안 내내 간병을 한 에일리의 모습에 이안은 손을 뻗어 에일리를 품으로 당겼다.

"우웅! 주인, 이제 괜찮아? 응?"

"그래, 난 괜찮다. 그러니 걱정하지 마렴."

"헤에! 그럼 에일리는 걱정하지 않는다."

에일리를 진정시킨 이안은 자신의 몸을 빠르게 살폈다. 깨어나기 이전보다 기운이 넘치는 것을 느끼기는 했지만 그것이 어떻게 된 것인지 알아야 했다. 혹시 잘못된 것일 수도 있으니 세세하게 마나로드를 살폈다.

'헐, 7번째 고리가 만들어지다니……'

이안은 자신의 서클이 7개로 늘어난 것에 경악했다. 비록 마수의 그 기운을 자신의 것으로 만들기 위해 죽을힘을 다해서 버텨냈다고 해도 이건 너무도 큰 행운이었다.

"마스터, 깨어나셨네요?"

이안은 자신의 몸을 관조하던 것에서 벗어나 문을 열고 들어온 리타를 쳐다봤다. 그녀의 뒤에는 어느 정도 신색을 회복한 세 노인이 따르고 있었다.

"수고 많았다, 리타."

"그죠! 제가 엄청 수고했다니까요? 그러니까……."

자신의 업적을 떠벌리는 리타의 수다에 뒤에서 헛기침을 해대던 노인들이 고리눈을 뜨며 그녀를 옆으로 치웠다. 그리고 이안에게 정중히 예를 갖췄다.

"도둑길드의 장로인 잭슨이라 합니다, 백작 각하."

"소이어입니다. 역시 장로의 직위를 맡고 있습니다."

"레이몬드입니다, 백작 각하."

세 노인의 인사에 이안은 가볍게 고개를 숙이는 것으로 그 예를 받았다.

"무사해서 다행입니다. 세 분 모두."

"덕분입니다."

"백작 각하께서 구해주시지 않았으면 죽었을 겁니다. 정말 그 은혜는 잊지 않겠습니다."

노인들은 자신들을 구해줘서 감사하다는 말로 시작하여 이안의 성취가 올라간 것을 축하한다는 말까지 이어서 했다. 그렇게 한담을 나누는 시간이 지나가고 어느 정도 분위기가 무르익었다고 판단했는지 잭슨 노인이 한 걸음 앞으로 나섰다.

"이걸 받아주십시오."

"뭡니까?"

"다아크 공작성에서 훔쳐 온 것입니다. 그자의 금고 안에 있던 것인데… 후우! 내용이 엄청납니다."

내용이 엄청나다는 말에 이안은 천천히 가방을 열었다. 그리고 그 안에 들어 있는 것들을 꺼내 살폈다.

'이건… 헉!'

진짜 헉 소리가 나올 내용이 그 안에 적혀 있었다. 크리스토퍼 대공에게 충성을 맹세한 다아크 공작과 그가 포섭한 귀족들의 이름, 인장이 찍혀 있는 연판장이었다. 거기다 그 귀족들의 이름 중에서 이안은 자신도 모르게 욕설을 터뜨리게 만드는 이름을 발견했다.

"개자식들, 이렇게 되면 아버지가 위험하잖아."

이안은 부친과 함께 다아크 공작군에 맞서 싸울 자들 가운데 연판장에 이름을 올리고 있는 것을 발견했다. 절로 분통이 터져 나오고 이대로 레이너 남작령으로 달려가야 한다는 생각이 들었다.

"그걸로 놀라기에는 이릅니다만."

"연판장이 놀라기에 이르다는 건가요? 헛!"

이안은 잭슨 노인의 말에 황급히 다른 서류를 넘겼다. 그 안에는 흑마법사들의 조직도와 세력, 그리고 그들이 만들어 낸 생체병기에 대한 것들이 빠짐없이 기록되어 있었다. 다만 그 조직도는 락토르 왕국 내의 존재들에 관한 것만 있었다.

'다크 로드라… 이자는 과연 누구를 의미하는 걸까? 정체가 도대체 뭐난 말이다!

이안은 서류의 최상단에 기록된 다크 로드라는 존재에 분노를 일으켰다. 그리고 이 모든 사안이 그 다크 로드라는 존재가 획책한 일이라는 것에 끓어오르는 살심을 자제하기 힘들었다.

"헙!"

"그, 그만……."

잭슨 노인과 이안의 주위에 있는 사람들은 갑자기 참기 어려운 살기가 밀려들자 고통을 호소했다. 그들의 호소에 이안은 아차 싶어 살기를 거두며 사과의 말을 전했다.

"미안합니다. 나도 모르게 그만……."

"허허! 이해합니다. 그리고 저희는 문건을 전달했으니 이제 임무를 완수한 것 같아 마음이 편안합니다."

"백작님께 짐을 지워 드린 것 같아 송구하지만 부탁드리겠습니다."

노인들은 정중하게 인사하며 이안에게 모든 것을 맡긴다는 말을 꺼냈다. 그들이 할 수 있는 최선이었으니 그들로서도 할 일을 제대로 했다는 생각일 것이다.

"고생했습니다. 그리고 정말 대단한 일을 해낸 것에 대해 경의를 표합니다."

이안은 진정을 담아 세 노인에게 고개를 숙였다. 그들이 목숨을 걸고 해낸 일은 나라의 운명을, 그리고 자신의 운명 또한 바꿔놓을 만한 일이었다.

"리타!"

"네, 마스터!"

"남쪽으로 방향을 바꿔라. 레이너 영지로 간다!"

"지금요? 알았어요. 맡겨둬요. 호호호!"

리타는 비공정을 자신의 마음대로 움직일 수 있다는 것이 기쁜지 종종걸음으로 조종석으로 달려갔다. 그녀가 사라진 후 세 노인도 밖으로 나가고 이안은 에일리의 부드러운 머릿결을 쓰다듬으며 생각에 잠겼다.

'우선순위를 정해야 한다. 제일 먼저 해야 할 일은… 부친을 구하는 것. 다음은…….'

다음에 해야 할 일은 변수가 너무도 많았다. 자신이 세 노인을 구한 것이 다아크 공작에게 알려졌을 것이고, 연판장을 비롯한 서류들이 넘어온 것을 감안하고 움직일 것이다. 수순이 정해져 있었는데 갑자기 행마의 불규칙한 움직임에 난장판이 된 체스판과 같아진 것이다.

'다아크 공작이 어떻게 나올까? 연판장부터 흑마법사들과 연관된 증거가 까발려진 마당인데.'

락토르 국왕의 죄를 징벌한다는 명분으로 거병한 다아크

공작과 침공을 한 크리스토퍼 대공이다. 그들의 명분이던 흑마법과 관련하여 마계의 문을 열기로 했다는 것은 이제 의미가 사라지는 것일까?

'아니지. 그건 어떻게든 우기면 그만이니까.'

연판장처럼 다아크 공작을 비롯한 귀족들의 인장이 찍혀 있는 것이 아니었다. 그러니 거짓된 증거라고 우기면 그만이고 또 능히 그럴 것이라 생각해야 했다.

'다음 해야 할 일은 무조건 이단 심판관을 구해야 하는군. 전쟁은 나중 문제야.'

윈터폴 요새에서 곧 있을 전투에 전념해야 할 상황이었지만 이제 그것보다 우선해야 할 일이 생긴 것이다. 부친을 구하고 난 후 그대로 이단 심판관을 구하러 가야 했다. 제국에 충성하는 추기경으로 바뀐다면 그 어떤 증거를 들이대도 크리스토퍼 대공에게 유리한 판결이 나게 될 것이다.

"어서 오십시오, 제나인 자작님!"

레이너 남작은 다아크 공작이 보낸 군대에 맞서기 위해 그간 근방의 귀족들에게 도움을 청했다. 남부의 귀족들이 중립을 고수한다고 해도 남부 귀족 내의 문제에 대해서까지 중립은 아니었다. 다아크 공작이 레이너 가문을 치기 위해 보낸 군대는 분명 중립인 자신들을 위해하는 거라 판단하고 레이너 남작의 요청에 응했다. 물론 그것도 몇몇 가문만이 나선 것이고 중립을 지키는 귀족 가문이 대세를 이뤘다.

"허허! 오랜만에 뵙니다, 레이너 남작님!"

자작의 작위가 더 높지만 지금 레이너 가문은 시밀로프 후작가를 무너뜨리고 남부에서 가장 큰 영지를 차지하고 있었다. 병력은 5천 명 정도에 불과하지만 아들인 이안이 거느린 군세가 워낙 대단하기에 아무도 함부로 하지 못했다.

"이렇게 도움을 주시다니 정말 어떻게 감사의 말씀을 드려야 할지 모르겠습니다."

"별말씀을 다 하십니다. 당연히 해야 할 일인 것을요. 하하하!"

제나인 자작은 겸양의 말을 늘어놓으며 레이너 남작의 비위를 맞추기에 급급했다. 패배한 시밀로프 후작가는 거의 몰락이라고 해야 할 정도로 대부분의 영지를 잃고 예전 레이너 가문처럼 산간벽지의 작은 영지에 틀어박힌 상태였다. 왕가에 변고가 생기지 않았더라면 작위가 뒤바뀌었을 것이다.

"영지를 지킬 최소의 병력을 빼고 3천의 정병을 이끌고 왔습니다."

"오! 3천이라니 대단하시구려! 하하하!"

자작가의 최대 병력이 3천이었다. 물론 그 병력을 한도까지 유지하는 가문은 드물었고, 이렇게 넘어서는 가문은 더욱 드물었다. 그러니 제나인 자작가가 보인 호의는 엄청난 것이라 할 수 있었다.

"그런데 다른 가문에서는 도움을 주던가요?"

제나인 자작이 조심스럽게 묻는 것에 레이너 남작은 빙긋이 미소를 지었다. 제나인 자작이 묻는 이유를 잘 알기 때문이다. 혹시라도 다아크 공작이 보낸 군대를 물리치지 못할 경우를 생각해서 걱정하는 것임을 말이다.

"도허티 자작께서도 곧 영지군을 이끌고 합류하실 겁니다. 총 여섯 개 가문의 2만 병력이면 족하지 않을까 합니다."

"오! 그렇다면 그깟 다아크 공작군이 문제겠습니까. 하하하!"

2만의 병력에 시밀로프 후작으로부터 빼앗아 이제는 레이너 가문의 영주성이 된 철옹성까지 합쳐진다면 절대 지지 않을 싸움이 될 것이다.

"영주님, 도허티 자작군이 도착했습니다!"

멀리서 도허티 자작군의 합류를 알리는 목소리에 제나인 자작의 표정이 활짝 펴졌다. 속속 합류하는 귀족 가문의 사병들이 많아질수록 위험은 사라지고 커다란 힘을 발휘할 수 있을 것이기 때문이다. 그리고 결정적으로 북동부에서 군벌로 커가고 있는 레이너 가문의 차남인 이안에게서 뭔가를 얻어낼 수도 있다는 기대감이 더욱 상승했다.

"도허티 자작을 맞이해야 하니 안으로 먼저 드시지요. 밀란 경!"

"제가 안내하겠습니다. 밀란입니다."

"허허! 부탁하겠소."

제나인 자작이 기사 밀란의 안내를 받으며 안으로 들어가자 가문의 충직한 기사인 어빙이 레이너 남작에게 잰걸음으로 다가왔다.

"가주님!"

"어빙 경, 무슨 일이 있소?"

레이너 남작, 이안과 구별을 두기 위해 이름인 비어홀트 남작이라고 불리는 가주에게 간결한 예를 표한 후 속삭이듯이 이야기했다.

"작은 주군께서 오고 계십니다."

"응? 이안이 말이오?"

"그렇습니다. 마법 통신으로 오고 계시다는 연락을 하시면서 귀족 분들을 위한 작은 연회를 마련해 달라고 하셨습니다."

"연회라… 흐음."

연회를 준비해 달라는 것은 보통 출정 전에 단합을 위해 여는 것이니 문제는 없었다. 하지만 아들이 그런 것을 콕 찍어서 이야기했다는 것이 마음에 걸렸다.

"영문을 모르겠구려."

"저도 정확한 것은 잘 모르겠습니다. 곧 도착할 것이니 저녁에 연회만 준비하라고 하니……."

"뭐 우리야 준비만 하면 그만이지 않겠소. 뭐든지 잘 알아서 하는 아이이니 말이오."

"그렇기야 합니다만."

어빙은 이안이 베풀어준 브레이브 소드를 익힌 이후 상급의 익스퍼트로 올라서는 노익장을 과시했다. 그래서 더욱 이안에게 충성을 다했고, 그가 말한 것을 충실히 이행하려 노력했다.

"도허티 자작을 맞이할 것이니 같이 갑시다. 연회는 미리 준비한 것이니 그대로 진행하면 될 것이오."

"그러시지요."

어빙을 앞세운 비어홀트 드 레이너 남작은 저녁이 어서 오기를 바랐다.

챙! 채챙!

"모두 시원하게 들이켭시다. 우리의 승전을 위하여!"

"위하여!"

도합 여섯 개 가문이 모인 대연회장은 가문의 기사들까지 더해져서 북적거렸다. 한 가문에 적어도 30명 이상의 기사를 이끌고 왔으니 200명이 넘는 인원이 먹고 마시는, 말 그대로 대연회가 되어버린 것이다.

쿵! 쿵!

"레이너 가문의 차남이자 독립여단의 여단장, 그리고 백작의 작위를 국왕 전하로부터 하사 받으신 이안 폰 레이너 백작님이십니다!"

시종이 지팡이를 두드리며 외치는 그 음성에 와자지껄하며 술을 마시던 이들이 모두 자리에서 일어났다. 백작의 작위를 가진 상위 귀족이기도 하거니와 마스터의 반열에 오른 이에 대한 예를 갖추는 것이었다.

"오오! 어서 오너라!"

비어홀트 남작은 흐뭇한 미소를 지으며 이안을 맞이했다. 화려한 장군 예복을 걸친 이안이 수인족 전사들의 호위를 받으며 부친에게 다가갔다.

"오랜만입니다, 아버지."

"그래, 고생이 많다. 하하하!"

비어홀트 남작은 아들의 손을 잡으며 그저 흐뭇한 미소를 지은 채 고개를 주억거렸다.

"레이너 백작님을 뵙니다. 도허티 자작입니다."

"반갑습니다, 도허티 자작님."

이안은 차례차례 다가와 자신의 이름과 신분을 밝히는 귀족들과 악수를 하며 인사를 나눴다. 모두가 인사를 나누고 마지막 제나인 자작의 차례가 되자 이안은 묘한 눈빛을 뿜어냈다.

"쥬세페 드 제나인 자작입니다, 백작님."

"제나인 자작님이시군요. 부친을 돕기 위해 와주셔서 감사드립니다."

"아이고, 남부의 귀족이라면 당연히 해야 할 일입니다. 그러니 그런 말씀 마십시오. 허허허!"

"그런가요? 뭐 그런 거겠죠. 후후후!"

서로를 바라보는 눈빛이 다른 이들의 눈빛과는 사뭇 다른 것에 제나인 자작의 표정이 살짝 변했다가 도로 원상태로 돌아갔다.

"내 긴히 할 말이 있는데 시간을 좀 내주시겠습니까?"

이안의 말에 제나인 자작은 의뭉스러운 미소를 지으며 대답했다.

"제게 하실 말씀이라니 뭔가 기대가 되는군요."

"그 기대에 어긋나지 않는 대화일 겁니다. 가실까요?"

이안이 따로 독대를 청하는 것에 다른 귀족들은 부러움이 가득한 눈빛으로 제나인 자작을 쳐다보았다. 백작이자 락토르를 지탱하고 있는 이안과의 독대는 그들에게 언감생심 꿈도 꾸지 못할 일이다.

"경들은 여기 있도록."

"하오나……."

"괜찮대도 그러는군. 레이너 백작님께서 나에게 무슨 해코지라도 할까 봐 그러는가? 하하하!"

일부러 소리를 높여서 하는 그 말에 기사들은 입을 굳게 다물고 자리에 주저앉았다. 두 사람이 연회장을 빠져나가는 것을 보며 모든 사람들은 다시 연회를 즐기기 위해 술잔을 들었다.

11장

살고 싶으면, 내 말 들을지?

작은방으로 들어선 두 사람은 묵묵히 의자에 앉으며 서로의 눈을 쳐다보았다. 뭔가 알 수 없는 기류가 흐르는 가운데 먼저 입을 연 것은 제나인 자작이었다.

"독대를 청하신 것을 보면 뭔가 하실 말씀이 있으신 거 아니었습니까?"

"물론 그렇습니다."

짧게 단답형으로 자작의 물음에 대답한 이안이 팔짱을 낀 채 뭔가 고민하는 모습을 보이자 제나인 자작은 조금은 조바심이 일었다. 자신만 찍어서 독대를 청한 것을 보면 자신의 정체가 탄로 났다는 것을 어느 정도는 직감하고 이 자리에 온 것이다.

"후우, 하실 말씀이 없으면 그만 일어나겠습니다."

자신의 눈만 뚫어져라 쳐다보는 이안의 시선에 제나인 자작은 더는 참지 못하고 말을 꺼냈다.

"그럼 후회하실 텐데요?"

"지금 협박하시는 겁니까?"

제나인 자작은 발끈하며 이안에게 언성을 높였다. 그러나 이안은 여전히 묘한 눈빛으로 그의 시선을 응시하며 일어난 자리를 가리켰다.

"앉으세요. 살고 싶으시면 말이죠."

"이, 이런!"

제나인 자작은 이안의 말에 등골이 서늘해졌다. 자신의 이곳에 왜 왔는지에 대해서 알고 있다는 것이 확실해지는 순간이다.

"연판장만으로도 자작을 죽일 수 있습니다. 알고 있겠지만."

"으득……."

마스터인 이안을 자신의 능력으로는 제압할 수 없다는 것을 스스로가 잘 알고 있다. 그래서 분노가 치밀었지만 꾹꾹 눌러 참으며 도로 자리에 주저앉았다.

"하아, 내게 원하는 게 뭡니까?"

"간단합니다. 이곳에 온 이유대로 행동하면 됩니다."

"뭐요? 이, 이런……."

이곳에 온 이유대로 하자면 전투가 벌어졌을 때 레이너 가문의 진영에서 기습을 하는 것이다. 그 틈을 노리고 다아크 공작군이 공격을 가하여 레이너 남작을 사로잡는 것이 원래의 계획이다. 그런데 그대로 행동하라는 이안의 말에 제나인 자작은 이해를 할 수 없었다.

"물론 진짜 공격하면 곤란합니다. 하는 척만 해야 한다는 건 아시리라 믿습니다."

이안의 말에 그럼 그렇지 하는 표정을 짓는 제나인 자작이 가시가 돋친 말을 꺼냈다.

"내가 그 말대로 따를 거라 생각하십니까? 진짜로 공격할 수도 있습니다만."

"뭐 그럼 내 검이 자작님의 머리를 가르겠죠. 아마 1분 정도면 가능할 겁니다."

이안이 없다는 가정 하에서 짜인 작전이다. 그런데 이안이 끼어들었으니 그의 말대로 될 가능성이 컸다.

"끄응……."

앓는 소리를 내는 제나인 자작은 어떻게 해야 할지 심각한 고민에 빠져들었다. 연판장에 자신의 인장을 찍은 마당이니 이제 와서 배신을 한다고 해도 살아남을 수 있을지가 관건이다. 그리고 지금까지 흘러가는 상황을 보면 다아크 공작이 충성을 맹세한 크리스토퍼 대공이 승리할 것 같았다.

"이걸 보면 결정을 하는 데 조금은 편해질 겁니다."

이안이 건네는 서류를 받아 든 제나인 자작은 그 서류 안에 적혀 있는 내용을 빠르게 읽어갔다. 그리고 자신은 모르고 있던 다아크 공작의 정체와 그가 벌인 일들에 대해 알게 되었다.

"이럴 수가……!"

"몰랐던 모양이군요. 다아크 공작의 정체에 대해서."

"그, 그렇습니다. 공작님께서 그런 일을 벌이셨을 줄이야! 허허허!"

허탈한 웃음을 흘리는 제나인 자작은 자신이 한 일이 최악의 일이었다는 것에 뒤통수를 망치로 얻어맞은 듯한 기분이 들었다. 물론 최고의 나라라고 생각한 로크 제국의 귀족으로 살고자 하는 욕심은 있었지만 이렇게 악행을 저지르면서까지 그러고 싶은 마음은 없었다.

"승부는 결국 락토르가 살아남는 걸로 끝나게 될 겁니다."

"확신하시나 보군요."

"물론입니다. 내가 그렇게 만들 거니까요."

"으음……."

이안의 강한 자신감에 제나인 자작은 입을 굳게 다물었다. 아직 세상 물정 모르는 청년의 치기라고 하기에는 그가 지금까지 이뤄놓은 것이 너무나 많았다.

"하아, 좋습니다. 백작님의 뜻에 따르도록 하겠습니다. 대신 면죄부를 요구하는 바입니다."

면죄부는 연판장에 서명하고 인장을 찍은 것을 무마해 달라는 것이다. 이안의 말대로 다아크 공작이 몰락하게 되면 결국 연판장은 세상에 드러나게 된다. 문제는 그가 죽는 것이 아니라 그 안의 귀족들 역시 역적의 오명을 쓰고 죽게 된다는 것이다. 그것만은 피하고 싶었고, 그것을 들어줄 수 있는 능력이 이안에게는 있었다.

"그 정도는 해줄 수 있습니다. 그러니 이런 자리를 만들었구요."

"그렇다면 백작님의 뜻에 따르겠습니다. 잘 부탁드립니다."

제나인 자작은 머리를 숙이며 이안의 편에 서겠다고 확언했다. 그러자 이안은 다아크 공작이 파견한 군대를 편하게 격파할 계책을 제나인 자작에게 알려주었다. 그리고 그것을 잘 해낸다면 연판장에 서명한 것은 이번 일을 위해서 일부러 한 것이었다고 포장해 주기로 약속했다.

―그걸 보고라고 하는가! 내가 네놈에게 모든 권한을 주었
거늘 일을 그따위로 만들어? 그러고도 네놈이 살기를 바라느
냐!

폭갈이 마법 수정구를 통해서 어두운 밀실을 뒤흔들었다.
머리를 조아린 카이만은 입술을 질겅질겅 씹으며 노기를 가
라앉혔다.

"송구합니다. 다시 한 번 기회를 주시면 반드시 그자를 제
손으로 죽이겠습니다. 그러니……."

―닥쳐라! 이미 한 번 패한 놈이 무슨 수로 그놈을 죽인다
는 말이더냐!

"제가 소환한 마수가 죽으며 마나의 폭발을 일으켰습니다.
그러니 그자도 결코 무사하지는 못했을 겁니다. 결코 진 것이
아닙니다."

카이만은 어떻게든 다아크 공작의 분노를 진정시키고자
필사적이었다. 비록 자신이 7클래스의 흑마법사라고는 해도
조직의 상위 서열인 다아크 공작이 쥐고 있는 생사여탈권을
벗어날 수는 없었다. 그러니 억울해도 참고 그의 비위를 맞춰
야 했다.

―그 말이 사실이어야 할 것이다. 으득!

"어느 안전이라고 거짓을 고하겠습니까. 기회를 주십시오.
그러면 반드시 그자를 제 손으로 제거하고 공작님의 걸림돌

을 치워드리겠습니다."

─하아, 내 네놈에게 한 번 더 기회를 주마. 당장 그놈의 아비를 잡으러 보낸 군대와 합류하도록 하라. 이번에는 반드시 그자의 아비를 잡아와야 할 것이다. 알겠느냐?

다아크 공작은 이안의 부친인 비어홀트 남작을 반드시 산 채로 잡아오라고 지시했다. 만약의 상황이 닥치면 비어홀트 남작과 이안이 가져간 것들을 교환할 생각이다. 그 길만이 자신이 처한 위기를 벗어날 수 있다고 여긴 것이다.

"하오면 마법병단을 모두 동원할 수 있도록 허락해 주십시오. 확실하게 잡으려면 그 정도는 이끌고 가야 할 거 같습니다."

─그렇게 하라. 대신 반드시 생포해서 내 앞에 끌고 와야 할 것이다. 알겠느냐?

"예, 각하!"

고개를 숙이는 카이만을 수정구 너머에서 못마땅하게 쳐다보는 다아크 공작이 고개를 절레절레 내저으며 연락을 끊었다. 그의 모습이 사라지자 카이만은 독기 어린 시선으로 이를 갈았다.

"빠득! 로드는 어째서 저런 자를 중용하시는지 모르겠어. 고블린만도 못한 자식 같으니. 이익!"

닥치는 대로 주변의 물건들을 박살 내며 분노를 푼 카이만은 얼마의 시간이 흐르자 진정을 되찾았다.

"후우, 이번에는 확실하게 끝내주지. 빌어먹을!"

카이만은 다아크 공작의 성을 지키는 임무에서 이제는 전쟁에 참여하여 싸운다는 것에 들끓었던 마음이 조금은 풀렸다.

"재미를 좀 봐야겠어. 크크크!"

비록 전쟁에는 백마법사로 위장해서 싸워야 하겠지만 그곳에서 맛볼 피를 생각하자 입가에 묘한 미소가 그려졌다.

다아크 공작 가문의 기사단장이자 레이너 가문을 공격하는 원정군 사령관을 맡은 칼로이 자작은 갑자기 찾아온 카이만을 보며 인상을 구겼다.

"지금 월권을 행하려는 것인가?"

"받으시오."

칼로이 자작은 카이만이 건네는 서류를 받아서 거칠게 펼쳤다. 그 안에는 모든 권한을 위임한다는 다아크 공작의 명령과 직인이 찍혀 있었다.

"이건……."

"이제부터 내가 말하는 대로 움직여야 할 것이오."

"하아, 공작 각하의 명령이라면 그렇게 하리다."

"사령관에 대한 예의부터 갖춰주면 고맙겠소."

"끄응, 그리하겠습니다."

마법사 나부랭이한테 전쟁의 모든 명령을 받아야 하는 것이 마땅치 않았지만 주군의 명령이니 따라야 했다. 칼로이 자작이 그렇게 굽히고 들어오자 카이만은 거만하게 의자에 앉으며 말했다.

"적을 상대할 작전에 대해서 말해보시오."

"내일 정오를 기해서 적들과 싸우게 될 겁니다. 이미 적진에는 공작 각하의 명령을 따르는 제나인 자작이 합류한 상태로 그가 전투가 벌어지면 적진에서 기습을 가할 것입니다. 그때 전면전으로 밀어버리면 그만입니다."

"흐음, 제나인 자작이라……. 믿을 만한 자요?"

카이만은 제나인 자작이 그런 중요한 일을 해낼 수 있는 역량을 가진 자인지에 대해서 알고 싶었다. 확실하게 일을 해내야 한다는 것에 조목조목 짚고 넘어가는 것이다.

"그 정도는 해낼 수 있습니다. 그가 이끌고 있는 병력의 절반이 공작가에서 미리 파견한 병력이니 말입니다."

"그렇다면 안심해도 되겠군. 아군 전력에 대한 브리핑을 부탁하오."

카이만의 요구에 칼로이 자작은 자신이 이끌고 온 병력과 기간트의 숫자, 그리고 전장이 될 지형에 대한 브리핑을 상세하게 해주었다. 지형도까지 살핀 카이만이 뭔가 생각하는 모습에 그는 입을 다물었다.

"이곳이 좋겠군. 적들을 최대한 이곳으로 몰아넣도록 하시오."

"그곳은 매복하기 좋은 지형입니다."

"알고 있소. 그래서 이곳으로 적들을 몰아넣으라고 하는 거요."

"하지만, 하아, 알겠습니다."

매복하기 좋은 지형이라는 말은 즉 적들도 그곳은 꺼릴 것이라는 말이었다. 그런데 그런 곳으로 몰아넣으라고 하니 환장할 지경이다. 그래도 명령이니 따라야 했고, 그 때문에 울화통이 치밀어 올랐다.

"그곳에 내가 이끌고 온 마법병단이 매복할 것이오. 단 한 번에 적을 괴멸시킬 것이니 그렇게 알고 계시오. 흐흐흐!"

마법병단의 힘이 얼마나 대단한지 모르지만 만 단위가 넘어가는 전투에서 한 번에 적들을 몰살시킨다는 것은 불가능했다. 그런데 저렇게 자신만만한 모습을 보이니 오기로라도 꼭 그 호언장담의 끝을 보고 싶어졌다.

"사령관님의 말씀대로 하겠습니다. 그리고 꼭 그렇게 되기를 바라지요."

"물론이오. 그렇게 될 거요. 크하하하!"

카이만의 호탕한 웃음소리를 들으며 칼로이 자작은 입술

을 잘근잘근 씹었다.

―주군, 샐리입니다.

마법 통신이 연결되며 샐리의 모습이 수정구 너머로 보였다. 그녀가 연락을 취할 이유는 단 한 가지밖에 없었기에 이안은 서둘러 입을 열었다.

"그래, 알아봤어?"

―이단 심판관들은 로크 제국의 서부를 지나 곧 락토르의 영토로 접어들 예정이에요.

"벌써? 어디로 오는지는 알아봤겠지?"

―물론이죠. 서남부의 국경도시인 락콘 요새를 넘어올 거예요.

"락코 요새라……. 우리 쪽에서 보면 동남부네. 그런데 정말 절묘하군."

―제가 생각해도 그래요. 딱 걸쳐서 들어오는 거니까요.

이단 심판관 일행이 오고 있는 경로는 락토르의 동남부 국경을 넘어오는 것이었다. 그곳은 남부의 귀족 가문들의 영역과 이안이 장악하고 있는 동북부의 중간으로 힘의 공백 지대라고 할 수 있었다.

'누구에게 덤터기를 씌워도 무방한 그런 지역을 일부러 골라서 오는 것 같군.'

이안은 빠르게 전투를 마무리하고 이단 심판관 일행을 구하러 가야겠다는 생각에 마음이 살짝 급해졌다. 국경을 넘는 순간 다아크 공작의 마수가 그들을 덮칠 것이고, 그렇게 되면 칼자루는 그가 쥐게 되기 때문이다.

─이단 심판관을 이끄는 사람은 성녀예요. 그러니 절대 죽게 해서는 안 돼요.

"성녀? 정말 대단한 사람이 오고 있네. 에효."

성녀라면 죽는 순간 문제가 더욱 커지게 될 것이다. 교황 다음으로 상징적인 인물이 성녀이니 만에 하나라도 그녀가 죽는다면 그 책임은 기하급수적으로 불어날 것이다.

─제가 알아낸 것은 여기까지예요.

"그래, 고생했어. 또 연락하자고."

─무운을 빌어요.

샐리와의 연락을 끊은 후 이안은 내일로 다가온 전쟁을 준비하기 위해 바쁘게 움직였다. 확실하게 승리하기 위해서 조금은 피곤하더라도 직접 날뛰는 것이 최선이었다.

스스스스슷!

어두운 밤하늘을 가르며 날아가는 비행 원반은 공중에서 유유히 선회하며 적진을 누볐다.

'꽤 많이 몰고 왔군.'

옛 시밀로프 후작령의 바로 경계에 진을 친 적군의 진영은 족히 3만에 달하는 병력이었다.

'정보에는 2만이 채 되지 않았는데 이게 어떻게 된 일이지?'

이안은 안력을 돋워 빠짐없이 적진에 세워진 막사들을 살폈다. 그 앞에는 깃발이 걸려 있어서 어느 곳에서 파견된 군대인지 알 수 있었다.

'일레프 백작가, 결국 마수를 드러냈군.'

남부의 대영주 가운데 하나인 그는 중립을 표방하며 다른 귀족들을 선동했다. 그래놓고 이렇게 다아크 공작군에 사병들을 보내 한 팔 거들고 있는 것이다. 겉으로는 국왕을 죽였다는 소문이 돌고 있는 이안을 제압하기 위함이라고 떠들 것이 분명했다.

'3만 정도라……. 어떻게 한다?'

병력의 수가 많으니 제나인 자작가의 작전을 이용하여 역으로 친다고 해도 쉬운 싸움이 될 것 같지는 않았다. 이제라도 적의 규모에 대해서 알게 됐으니 다행이라면 다행이지만 불행히도 적군이 더 많다는 것이 문제였다.

'그런데 이 재수 없는 기운은 뭐지?'

이안은 막사들을 살피다 한곳에서 느껴지는 불길한 기운에 인상을 굳혔다. 예전에도 접한 그 기운은 사이하고 심장을 뛰게 만들었다.

'마계의 기운… 흑마법사들인가?'

적어도 50명 이상의 흑마법사가 모여 있음을 알게 된 이안은 저들이 작정하고 이번 원정을 행했다는 것에 눈꼬리를 씰룩였다.

'그렇다면 나도 작정하고 치사해지는 수밖에.'

이겨야 하는 싸움이고, 그 싸움을 이기기 위해서는 치사한 방법도 얼마든지 행할 각오가 섰다. 비행 원반을 아공간에 도로 밀어 넣은 이안은 그대로 지상으로 떨어져 내렸다.

쉬릿!

"으윽!"

목을 부여잡고 그대로 쓰러지는 병사를 뒤에서 안아 든 이안은 능숙한 솜씨로 병사의 옷을 벗겼다. 그리고 빠르게 갈아입은 후 사체를 막사 안으로 밀어 넣으며 같이 들어갔다.

"누구… 헉!"

선잠을 자던 병사는 누군가 막사 안으로 들어오자 작은 목소리로 물었다. 그러나 어느새 다가온 이안에 의해 제압당했다.

"공간 제어!"

이안은 공간을 통제해서 그 어떤 것도 외부로 흘러나가지 않도록 만들었다. 그리고 제압한 병사에게 마인드 컨트롤 마법을 걸었다. 그렇게 막사 안의 병사들에게 마인드 컨트롤을 건 후 다른 막사로 넘어갔다.

"후우, 이 정도면 되겠지."

총 열 개의 막사를 돌면서 300명에 달하는 병사들에게 마인드 컨트롤을 걸었다. 마수의 마나를 자신의 것으로 흡수하면서 7서클이 되지 않았다면 절대 해내지 못했을 것이다. 속으로 뿌듯해하며 다시 비행 원반을 타고 공중으로 올라선 이안은 마지막 한 방을 위해서 움직였다.

'저기다!'

이안이 노리는 것은 3만 명의 병사들이 먹을 군량이 쌓여 있는 보급부대의 영역이었다. 다른 곳과는 달리 부대의 중앙 부위에 자리한 곳까지 여유롭게 들어간 그는 곧장 절반 아래로 떨어진 마나를 휘돌리며 캐스팅했다.

"후우, 깡그리 태워 버려라. 파이어 스톰! 파이어 스톰!"

클래스가 올라간 덕분에 구동어만으로 6클래스의 광역 마법인 파이어 스톰을 날릴 수 있었다. 지상에서 휘몰아치고 있는 거대한 화염의 기둥이 맹렬하게 회전하며 보급부대를 불태워 갔다.

"부, 불이야!"

"적이다! 적이 나타났다!"

갑작스러운 마법의 발현에 놀란 병사들이 고래고래 소리

를 지르며 막사에서 뛰어나왔다. 그러나 이미 보급부대의 막사들을 휩쓸고 있는 화염의 폭풍은 더욱 기승을 부리며 지상을 초토화시켰다.

"마법사다! 저기다, 저기!"

공중에 떠 있는 이안을 발견한 기사들이 소리를 지르자 우르르 몰려든 병사들이 화살을 날리며 공중에 뜬 그를 공격했다.

"후후! 나중에 보자고. 블링크!"

순식간에 공간의 틈으로 스며든 이안은 화살이 날아오기 전에 다른 곳으로 빠져나가 버렸다.

후웅! 파앗!

그가 사라지고 난 자리에 모습을 드러낸 카이만은 마법의 흔적을 살폈다.

"그곳으로 간 것인가? 블링크!"

다시 사라진 카이만은 적어도 6클래스의 백마법사를 잡기 위해 필사적으로 움직였다. 그가 사라지자 화염이 휩쓸고 지난 자리에서 맹렬하게 기세를 올리는 불길을 끄기 위해 병사들이 동분서주했다.

'누군가 쫓아오는군.'

이안 역시 카이만이 자신이 남긴 마법의 흔적을 좇아 공간

이동으로 쫓아오고 있다는 것을 느꼈다. 멀리서 느껴지는 마나의 유동만으로도 상대가 결코 낮은 수준의 적이 아님을 알 수 있었다.

'그자다! 마수를 소환했던 그놈!'

이안은 쫓아오고 있는 적의 정체가 카이만이라는 것을 마나의 성질을 통해서 파악했다.

"장난 좀 쳐볼까?"

이안은 블링크 마법으로 계속해서 이동하며 그 흔적에 살짝 다른 흔적을 덧칠했다. 그렇게 대여섯 번의 블링크를 시도한 후 장난질을 완성하고 몸을 숨겼다.

우웅! 파앗!

"언제까지 도망갈 수 있는지 보자. 블링크!"

카이만은 어둠 저 멀리 떨어진 곳으로 블링크로 도망간 흔적을 따라 재차 블링크 마법을 펼쳤다. 순식간에 공간의 틈을 지나 흔적이 이어진 곳으로 빠져나갔다.

"헉! 크흑!"

공간의 틈에서 나온 그는 갑자기 몸을 가눌 수 없을 정도로 무거운 기운이 자신을 짓누르는 것에 경악했다.

"이틀 만이야!"

친근한 어조로 인사하는 이안의 모습을 발견한 카이만은 노기를 터뜨렸다.

"이놈! 이 무슨 비겁한 짓이냐!"

노호성을 터뜨리며 순간적으로 마나를 폭발시켜 자신을 억압하고 있는 기운을 해소하려 했다.

징! 징! 징! 징!

자신의 마나와 충돌하며 거센 저항을 일으키는 통에 원하는 바를 이루지 못한 카이만은 원독에 찬 눈빛으로 이안을 노려보았다.

"두고 보자, 이놈!"

카이만의 외침에 이안은 그가 가진 능력을 떠올렸다. 지금 카이만의 신체도 자신의 것이 아닌 인형일 것이 분명했다. 그러니 저렇게 원독에 찬 외침을 토하며 마나를 폭주시켜 자폭하려고 하는 것일 터였다.

'저 능력은 도대체 뭔지 모르겠군.'

백마법에는 없는 카이만의 능력에 이안은 인형이라도 자신의 손으로 부술 생각에 검을 뽑아 들었다.

"죽는 것은 내가 결정한다. 흐랏!"

쉬잇! 서걱!

마나를 폭주시켜 자폭하려고 하던 카이만의 분신은 이안의 검에 목이 잘리며 그대로 무너져 내렸다.

—늦었다, 이놈!

웅! 웅! 웅! 우우우웅! 콰아아앙!

강력한 폭발이 카이만의 분신에서 일어났다. 엄청난 마나의 폭발에 이안은 서둘러 몸을 피하며 혀를 찼다.

"제길, 백마법에는 왜 저런 게 없는지 몰라."

정말 자신이 배운다면 아주 효과적으로 써먹을 수 있는 능력이라 생각했다. 분신을 가지고 싸울 수 있다면 무궁무진한 작전을 적들에게 펼칠 자신이 있었다.

"흐억!"

벌떡 일어난 카이만은 또다시 이안에게 자신의 분신을 잃고 그 충격에 비틀거렸다. 정신적으로 전해져 오는 죽음의 충격은 겪을 때마다 생명이 줄어드는 느낌이 들었다.

"빌어먹을 자식! 으득!"

코에서 흐르는 검붉은 피를 닦아내며 그는 날뛰는 흑마력을 제어하기 위해 필사적인 노력을 해야 했다.

"어떻게 이틀 만에… 으아아아!"

또 당했다는 분노에 제어가 쉽지 않았지만 살기 위해서 기를 쓰고 억누르자 그제야 마력의 제어가 이루어졌다.

"으득! 이제 인형도 남아 있지 않았으니… 내일은 조심해서 싸워야겠군. 빌어먹을!"

카이만은 오늘 또 당한 것에 이를 갈며 내일의 복수를 다짐했다. 제아무리 강력한 이안이라고 해도 마법병단까지 동원된 싸움이니 승산은 자신에게 있었다. 그는 만약의 경우 최후의 수단을 쓸 각오를 다졌다.

둥! 둥! 둥! 둥!

간밤의 사태를 정리하고 아침 일찍 출정한 다아크 공작군은 정오 무렵 레이너 가문의 영역으로 접어들었다. 역시 마찬가지로 요격을 위해 출정한 남부 귀족 연합군과는 북쪽 평원 지대에서 맞섰다.

"크크크! 비루먹은 강아지 꼴이로구나."

"밥도 제대로 못 먹었냐? 배가 많이 고파 보인다?"

연합군 측의 병사들은 멀리 대치하고 있는 적들의 모습에서 측은함마저 느낄 지경이었다. 이안이 군량을 모두 날려 버린 탓에 불을 끄느라 잠도 제대로 못 자고 군량이 없어 밥도 못 먹고 출정했기 때문이다.

"으득! 아주 갈아 마셔 버리겠다."

"눈깔을 아주 쪽쪽 빨아 먹어 버릴라니까!"

악에 받쳐서 욕설을 퍼붓는 적들의 모습에도 연합군은 아무런 동요도 하지 않았다. 오히려 차분하게 바지를 까 내리며 엉덩이를 흔드는 것으로 맞섰다.

"제나인 자작님!"

"말씀하십시오."

"언제 배신하도록 되어 있었습니까?"

"신호가 올라올 겁니다. 양군이 전면전을 벌이기 직전에 말입니다."

"신호라……. 그건 곤란하겠군요."

"네? 그럼 어떻게 하시려고?"

이안의 말에 제나인 자작은 의문을 드러냈다. 적들이 약속된 신호를 보내지 않았는데 연극을 할 수는 없다고 여기는 것이다.

"적들이 전투를 통제하는 것은 곤란합니다. 우리가 통제하는 상황에서 싸워야죠."

"아, 네. 그렇군요."

이안의 말에 제나인 자작도 어느 정도는 동감을 표시했다. 전투를 통제하는 쪽이 유리할 것은 누가 봐도 자명한 이치이다.

"곧 전투가 시작될 것 같으니 한 박자 빠르게 가죠. 시작하세요."

"알겠습니다. 그럼!"

제나인 자작은 이안의 명령에 곧장 자신의 부대가 있는 곳으로 말을 몰아갔다. 다른 부대와는 다르게 이선에 대기하고 있던 제나인 자작군은 그가 합류하자 곧장 출정 전에 내려진 명령대로 움직이기 시작했다.

"죽여라!"

"전부 쓸어버려라!"

"우와아아아아!"

거센 함성을 내지르며 주변의 아군을 향해 득달같이 달려드는 제나인 자작군으로 인해 연합군의 대오는 급격하게 무너져 내렸다.

"제나인군의 배신이다. 쳐라!"

"제나인군을 공격하라! 공격!"

제나인 자작군이 배신했다는 것을 알리기라도 하듯이 목청이 터져라 외치며 치열하게 싸우기 시작했다. 멀리서 보기에는 아주 치열한 전투였다. 순식간에 전열이 무너지며 수많은 사상자가 발생한 것처럼 보였다.

"이게 어떻게 된 겁니까?"

카이만은 적진에서 치열한 전투가 벌어지고 전열이 무너져 내리는 것에 당혹스러운 음성을 토했다. 그러나 칼로이 자작도 영문을 모르기는 피차일반이었다.

"그건 저도 잘⋯ 아마 발각당해서 미리 선수를 친 것 같습니다."

떠오르는 것은 그것밖에 없는 탓에 칼로이 자작은 그럴 거라고 믿었다. 치열하게 싸우는 것이 눈에 보이는 터라 의심할 수도 없었다.

"그렇다면 바로 출전시키세요. 지금 기회를 놓치면 안 됩니다."

"알겠습니다. 바로 출전하지요."

칼로이 자작은 명령권을 쥔 카이만의 말에 바로 말을 몰아 진영의 선두로 나섰다. 그리고 검을 뽑아 든 그는 우렁찬 외침을 토했다.

"전군은 나를 따르라! 적을 일거에 쓸어낸다!"

"우와아아아! 출정하라!"

적진에서 벌어진 일들을 눈으로 목격한 뒤라 병사들의 사기는 바닥에서 하늘 높이 치솟았다. 그 기세를 몰아 앞으로 내달리는 3만여 병사들의 폭발적인 기세가 전장을 뒤흔들기 시작했다.

"군대를 물려라! 퇴각 나팔을 불어라!"

이안은 적군이 접근하기 전에 퇴각 나팔을 불라고 소리쳤다. 그러자 일제히 퇴각을 알리는 나팔이 울리며 꽁지가 빠져라 도망치기 시작했다. 싸워보기도 전에 도망치는 그런 상황이 연출되는 것에 이안은 자신의 계책대로 흘러가기만을 바랐다.

'조금만 더 오너라. 아주 정신을 차리지 못하도록 만들어 줄 테니!'

제나인 자작군을 제외한 병력이 일제히 도주하자 남은 공간에는 2천이 넘는 사상자들의 시체가 가득했다. 그런 전장을 이탈하여 미리 명령을 받은 대로 둘로 나뉘어 도망가는 연합군 병력을 따라 이안도 움직여 나갔다.

『이안 레이너』 9권에 계속…

초대형 24시 만화방

신간 100%, 샤워실, 흡연실, 수면실(침대석), 커플석, 세탁기 완비

▪ 시흥 정왕25시점 ▪

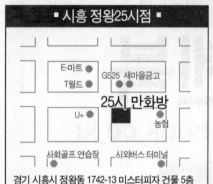

경기 시흥시 정왕동 1742-13 미스터피자 건물 5층
031) 319-5629

▪ 강북 노원역점 ▪

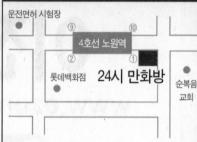

서울 노원구 상계동 340-6 노원역 1번 출구 앞 3층
02) 951-8324 (화용빌딩 3층)

▪ 일산 정발산역점 ▪

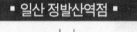
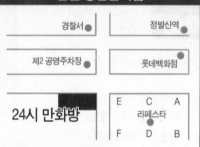

라페스타 E동 건너편 먹자골목 내 객잔건물 5층
031) 914-1957

▪ 일산 화정역점 ▪

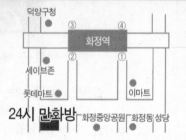

경기도 고양시 덕양구 화정동 984번지 서일빌딩 7층
031) 979-4874 (서일사우나 건물 7층)

▪ 부천 역곡역점 ▪

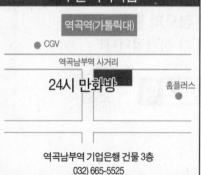

역곡남부역 기업은행 건물 3층
032) 665-5525

▪ 부평역점 ▪

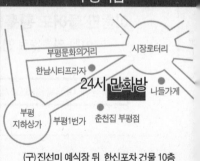

(구)진선미 예식장 뒤 한신포차 건물 10층
032) 522-2871

현윤 장편소설
FUSION FANTASTIC STORY
현대무림
지존
무참히 살해당한 부모님의 복수를 위해
모든 걸 걸었다!
『현대 무림 지존』
"너희들의 머리 위에 서 있는 건 나다."
잔혹한 진실을 딛고 진정한 무인으로 거듭나는
태하의 행보를 주목하라!
Book Publishing CHUNGEORAM
유행이 아닌 자유추구 -
WWW.chungeoram.com

FUSION FANTASTIC STORY

텀블러 장편소설

현대
천마록

천하를 호령하고, 전 무림을 통합한
일월신교의 교주 천하랑.
사람들은 그를 천마, 혹은 혈마대제라고 불렀다.

『현대 천마록』

무공의 끝은 불로불사가 되는 것이라 생각했지만
그로서도 자연의 섭리 앞에선 어쩔 수 없었다!

'그렇게 많은 피를 흘렸음에도 불구하고
죽을 때가 되니 남는 것이 없군그래.'

거듭된 고려 끝에 천하랑의 영혼이
존재하지 않게 된 그 순간
그의 영혼은 현세에서 천마로서 눈을 뜬다!

Book Publishing CHUNGEORAM

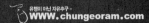
유행이 아닌 자유추구 –
WWW.chungeoram.com

FUSION FANTASTIC STORY

가프 장편소설

SECRET MEZ
시크릿 메즈

—너는 10,000개의 특별한 뉴런을 더하게 되었어.
매직 뉴런, 불멸의 뉴런이지.

실험실 알바를 통해 만난 '6번 뇌'.
우연한 만남은 이강토를 신비의 세계로 이끈다.

『 시크릿 메즈 』

매직 뉴런을 탑재한 이강토의
정재계를 아우르는 좌충우돌 정의구현!
긴장하라, 당신이 누구든 운명은 이미 그의 손안에 있으니!

"무슨 꿍꿍이가 있는지, 어디 한번 봐볼까?"

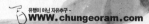

2016년의 대미를 장식할 최고의 스포츠 소설!!

Career record : 984W 26L
Career titles : 95
Highest ranking : No.1(387weeks)
Grand Slam Singles results : 23W
Paralympic medal record : Singles Gold(2012, 2016)

**약 십 년여를 세계 최고로 군림한 천재 테니스 선수.
경기 내내 그의 몸을 지탱하고 있는 것은…… 휠체어였다.**

『그랜드슬램』

**휠체어 테니스계의 신, 이영석(32).
그는 정상의 자리에서도 끝없는 갈망에 사로잡혀 있었다.**

"걷고 싶다, 뛰고 싶다. …날고 싶다!!"

뛸 수 없던 천재 테니스 선수
그에게, 날개가 달렸다!!!

Book Publishing CHUNGEORAM

유행이 아닌 자유추구 -
WWW.chungeoram.com

GAME BALL

게임볼 설경구 장편 소설
FUSION FANTASTIC STORY

무명의 야구인이었던 남자,
우진이 펼치는 야구 감독으로서의 화려한 일대기!

『게임볼』

"이 멤버로 우승을 시키라고?"

가상 야구 게임,
게임볼을 통해 인생 역전을 꿈꾸는

한 남자의 뜨거운 행보에 주목하라!

Book Publishing CHUNGEORAM

유행이 아닌 자유추구 -
WWW.chungeoram.com

FUSION
FANTASTIC
STORY

서산화 장편소설

Miracle Direction
기적의 연출

천재 영화감독, 스크린 속 세상을 창조하다!

『기적의 연출』

대문호 신명일과 미모로 손꼽히던 여배우 김희수의 아들 신지호.

일가족은 불운한 사고로 인해 크나큰 비극을 겪는다.

이 사고로 섬광 기억(Flashbulb memory)이라는 능력을 얻게 된 그 순간!

그의 모든 게 달라졌다.

"배우의 혼을 이끌어내고, 관중의 영혼을 붙잡아야 합니다.

그게 제 목표입니다."

완전한 감독을 꿈꾸는 신지호.

이제 그의 영화가, 세상을 홀린다!